조지훈
시전집

시
전
집

나남
nanam

지은이 조지훈

본명은 조동탁(趙東卓). 1920년 경북 영양에서 태어났다. 1939년과 그 이듬해 《문장》의 추천을 받아 등단했다. 혜화전문학교 졸업 후 월정사 불교강원 강사를 지냈고 조선어학회 《조선말 큰사전》 편찬위원으로 일했다. 1948년부터 고려대 문과대학 교수로 재직하였으며, 종군문인으로 6·25전쟁을 겪었다. 고려대 민족문화연구소 초대 소장으로 국학 연구의 기틀을 닦고 《한용운 전집》 간행위원회를 발족하는 등 저술, 편찬 활동을 활발히 하였다. 박두진, 박목월과의 3인 합동 시집 《청록집》을 포함해 총 5권의 시집을 출간하였고, 시론집 《시의 원리》, 수필집 《지조론》 등을 펴냈다.

책임편집 이남호

고려대 국어교육학과 명예교수, 문학평론가. 고려대 교육부총장을 지냈고, 지훈상 운영위원장을 역임했다. 엮은 시집으로 《박목월 시 전집》, 《별 헤는 밤》, 《미당 서정주 전집》, 《한국 시집 초간본 100주년 기념판》(전 20권) 등이 있다.

조지훈 시 전집

2025년 1월 20일 초판 발행
2025년 1월 20일 초판 1쇄

지은이   조지훈
발행인   趙相浩
책임편집   이남호
편집   신윤섭 민윤지
발행처   ㈜나남
주소   10881 경기도 파주시 회동길 193
대표전화   (031)955-4601
FAX   (031)955-4555
등록   제1-71호(1979.5.12.)
홈페이지   http://www.nanam.net
전자우편   post@nanam.net

ISBN   978-89-300-4178-2 04810
                 978-89-300-8655-4 (세트)

조
지
훈

시
전
집

나 남 정본 조지훈 시 전집

나남
nanam

혜화전문학교 재학 시절(1940년 겨울).

오대산 월정사 불교강원의 외전강사 시절
(1941년).

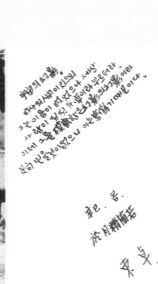

왼쪽 사진의 뒷면에 쓰인 지훈의 메모.

박두진, 박목월, 조지훈의 3인 합동 시집인 《청록집》
출간기념회(1946년).

진해에서 부산으로 여행하는 배 위에서,
청록파의 두 벗과 함께. 왼쪽부터 조지훈, 박목월, 박두진(1954년).

고려대 국문과 교수 시절, 졸업예정인 제자들과 함께. 앞줄은 국문과 교수.
왼쪽부터 김민수, 구자균, 김춘동, 박희정, 조지훈(1957년 겨울).

고려대 연구실에서 제자와 함께.

새벽사에서 열린 4월 혁명 좌담회.
왼쪽부터 이종석, 박두진, 박남수, 조지훈, 박목월, 이한직(1960년 4월 23일).

벨기에 크노케에서 열린 국제시인회의에서 이하윤 시인과 함께(1961년).

문우들과 함께. 왼쪽부터 김광림, 박남수, 조지훈, 최정희, 황순원(1965년).

문학상 작품을 심사하며. 왼쪽부터 서정주, 조연현, 조지훈, 백철, 박종화(1967년).

지훈 장례식. 고려대 교정에서(1968년 5월 19일).

서울 남산의 지훈 시비(1971년 건립). 앞면은 〈파초우〉 전문.

경북 영양군 주실마을 입구의 지훈 시비(1982년 건립).
앞면은 〈빛을 찾아 가는 길〉 전문.

고려대 교정의 지훈 시비(2006년 건립). 앞면은 〈승무〉,
뒷면은 〈늬들 마음을 우리가 안다〉 전문.

경북 영양군 주실마을의 지훈 생가 '호은종택'.

고려대 인촌기념관에서 열린《조지훈 전집》출판기념회.
왼쪽부터 지훈의 차남 조학렬, 지훈의 여동생 조동민, 고려대 홍일식 총장,
지훈의 아내 김위남, 나남출판 조상호 회장(1996년 12월).

①②
③④
⑤

① 3인 합동 시집《청록집》(1946, 을유문화사)
② 제1시집《풀잎단장》(1952, 창조사)
③ 제2시집《조지훈 시선》(1956, 정음사)
④ 제3시집《역사 앞에서》(1959, 신구문화사).
⑤ 제4시집《여운》(1964, 일조각).

지훈의 장남 조광렬이 그린 지훈 초상.

온전하게, 새롭게, 친근하게

지훈 선생께서는 서른다섯 살 무렵 〈이력서〉라는 시에서 자신의 직업에 대해 "시 못 쓰는 시인이올시다. 가르칠 게 없는 훈장이올시다. 혼자서 탄식하는 혁명가올시다"라고 했다. 우리가 아는 지훈 선생은 한국시문학사에 큰 자취를 남긴 시인이며, 국학 연구와 민속학 연구에 선구적 업적을 남긴 학자요, 수많은 제자들로부터 오래 추앙받는 스승이며, 탁류의 역사를 질타하시던 올곧은 정신의 지사志士이다. 겸사謙辭를 감안한다면 지훈 선생께서 스스로 밝힌 자신의 모습과 우리가 아는 지훈 선생의 모습은 다르지 않다.

그러나 이 세 가지 모습은 시인으로 통합될 수 있다. 지훈 선생이 남긴 시 속에서 우리는 선생의 감성과 지성, 사유와 인간을 모두 만날 수 있기 때문이다. 다시 말해 지훈 선생을 두루 만나 뵐 수 있는 가장 좋은 길은 선생이 쓰신 시들을 읽는 것이다. 우리 현대사의 큰 인물인 지훈 선생의 가르침과 어루만짐을 계속 얻으려면 선생의 시집을 늘 곁에 두어야 할 것이다.

지훈 선생은 생전에 5권의 시집을 남기셨다. 그나마 첫 번째 시집인 《청록집》은 3인 합동 시집이다. 《조지훈 시선》의 후기에서는, 단독 시집 내는 것에 그다지 성의를 가지지 않았다고 말씀하

시기도 한다. 그래서 시집에 묶이지 않은 시편들도 적지 않다.

　한편으론 지훈 선생의 대범한 풍모를 엿보게 하나 다른 한편으로 지훈 시의 전모 파악을 어렵게 한다. 다행히 1973년과 1996년에 《조지훈 전집》이 발간되면서 지훈 시가 한자리에 모이게 되었다. 그러나 그것은 크고 무거운 전집의 일부였기에 일반 독자의 접근성에 한계가 있었다.

　이에 나남에서 1996년판 《조지훈 전집》에 수록된 시들을 기반으로 《조지훈 시 전집》을 새로이 기획하였다. 《조지훈 전집》 출간 30년, 지훈상 제정 25년을 앞두고 조상호 지훈상 운영위원장의 발의로 《조지훈 시 전집》 편집위원회를 꾸렸다. 편집위원들은 지훈 선생의 시 작품들을 따로 한곳에 오롯이 모아 그 존재감과 친밀감을 높이고자 했다.

　실제로 《조지훈 시 전집》은 몇 가지 중요한 편집 내용을 보여준다. 첫째, 독자들이 작품을 어려움 없이 향유할 수 있도록 한자를 모두 한글로 바꾸어 썼다. 또한 현행 어법을 존중하면서도 지훈만의 시적 언어를 보존하고자 했다. 둘째, 원본 시집과 발표지의 여러 이본을 대조하며 검토하는 작업을 거쳐, 1996년판 《조지훈 전집》의 크고 작은 오류를 바로잡고 작품의 정본을 확립하였다. 셋째, '조지훈 시 연보'를 세밀하게 작성함으로써 지훈 시의 흐름을 읽을 수 있는 이정표를 제공했다. 마지막으로, 그동안 널리 알려지지 않았던 시론詩論 〈나의 시의 편력〉을 발굴하여 함께 실은 것도 특기할 만하다. 이를 바탕으로 6~8부를 '바위송(전통과 자연의 서정)', '병에게(생의 역설)', '새 아침에(탁류의 음악)'로 새로이 분류하여 독자들이 지훈 시 세계를 온전히 향유할 수 있게 했다.

좋은 것은 그것을 기리고 아끼는 사람에 의해서 진정 소중하고 가치 있는 것이 된다. 귀한 것일수록 세월의 먼지를 닦아내어 새것으로 만들어야 한다. 지훈 선생을 남달리 아끼고 기리는 나남의 정성이 지훈 시에 쌓인 세월의 먼지를 다시금 깨끗이 털어내고 귀한 작품세계를 독자들 앞에 새롭게 열어 주리라 믿는다.

《조지훈 시 전집》 출간을 반가워하며 지훈 선생 시에는 감탄과 존경을, 나남에는 감사와 찬사를 보낸다.

2024년 입동 무렵, 나무원에서
이남호

《조지훈 전집》 서문

지훈 조동탁은 김소월과 김영랑에서 비롯해 서정주와 유치환을 거쳐 청록파에 이르는 한국 현대시의 주류를 완성함으로써 20세기의 전반기와 후반기를 연결한 큰 시인이다. 한국 현대문학사에서 지훈이 차지하는 위치는 누구도 훼손하지 못할 만큼 확고부동하다.

문학사에서 지훈의 평가가 나날이 높아가는 것을 지켜보며 기뻐해 마지않으면서도, 아직도 한국 근대정신사에 마땅히 마련되어야 할 지훈의 위치는 그 자리를 바로 찾지 못하고 있는 것이 아닌가 하는 걱정이 없지 않다. 매천 황현과 만해 한용운을 이어 지훈은 지조를 목숨처럼 중히 여기는 지사의 전형을 보여 주었다. 서대문 감옥에서 옥사한 일송 김동삼의 시신을 만해가 거두어 장례를 치를 때 심우장尋牛莊에 참례한 것이 열일곱(1937년)이었으니 지훈이 뜻을 세운 시기가 얼마나 일렀던가를 알 수 있다.

지훈은 민속학과 역사학을 두 기둥으로 하는 한국문화사를 스스로 자신의 전공이라고 여기었다. 우리는 한국학의 토대를 마련한 지훈의 학문을 정확하게 인식해야 한다. 조부 조인석과 부친 조헌영으로부터 한학과 절의를 배워 체득하였고, 혜화전문과 월정사에서 익힌 불경과 참선 또한 평생토록 연찬하였다. 여기에 조선어학회의 큰사전 원고를 정리하면서 자연스럽게 익힌 국어학 지식이 더해져서 형성된 지훈의 학문적 바탕은 현대교육만 받은 사람들로서는 감히 짐작하기조차 어려울 만큼 넓고 깊었다.

지훈은 6·25 동란 중에 조부가 스스로 목숨을 끊고 부친과 매부가 납북되고 아우가 세상을 뜨는 비극을 겪었다. 《지조론》에 나타나는 추상같은 질책은 민족 전체의 생존을 위해 도저히 참을 수 없어 터뜨린 장렬한 양심의 절규였다. 일찍이 오대산 월정사 외전강사 시절 지훈은 일제가 싱가포르 함락을 축하하는 행렬을 주지에게 강요한다는 말을 듣고 종일 통음하다 피를 토한 적도 있었다. 자유당의 독재와 공화당의 찬탈에 아부하는 지식인의 세태는 지훈을 한 시대의 가장 격렬한 비판자로 만들고 말았다. 이 나라 지식인 사회를 모독한 박정희 대통령의 진해 발언에 대해 이는 학자와 학생과 기자를 버리고 정치를 하려 드는 어리석은 짓이라고 비판한 지훈은 그로 인해 정치교수로 몰렸고 늘 사직서를 지니고 다녔다. 지훈은 언제고 진리와 허위, 정의와 불의를 준엄하게 판별하였고 나아갈 때와 물러날 때를 엄격하게 구별하여 과감하게 행동하였다.

지훈은 근면하면서 여유 있고 정직하면서 관대하며, 근엄하면서 소탈한 현대의 선비였다. 매천이 절명의 순간에도 '창공을 비추는 촛불輝輝風燭照蒼天'로 자신의 죽음을 표현하였듯이 지훈은 나라 잃은 시대에도 "태초에 멋이 있었다"는 신념을 지니고 초연한 기품을 잃지 않았다. 지훈에게 멋은 저항과 죽음의 자리에서도 지녀야 할 삶의 척도였다. 호탕한 멋과 준엄한 원칙 위에 재능과 교양과 인품이 조화를 이룬 대인을 우리는 아마 다시 보지 못할지도 모른다. 이른바 근대교육에는 사람을 왜소하게 만드는 면이 있기 때문이다. 지훈의 기백은 산악을 무너뜨릴 만했고 지훈의 변론은 강물을 터놓을 만했다. 역사를 논하는 지훈의 시각은 통찰력과 비판력을 두루 갖추고 있었다. 다정하고 자상한 스승이었기에 지훈은 불의에 맞서 학생들이 일어서면 누구보다도 앞에 나아가 학생들을 격려하였다. 지훈은 제자들과 함께 술을 마시고 서로 속마음을 털어놓기도 했고 손을 맞잡고 한숨을 쉬기도 했다. 위기와 동요의 시대인 20세기 후반기, 소용돌이치는 역사의 상처를 지훈은 자신의 상처로 겪어냈다.

지훈은 항상 현실을 토대로 하여 사물을 구체적으로 파악하려 하였고 멋을 척도로 하여 인간을 전체적으로 포착하려 하였다. 지훈은 전체가 부분의 집합보다 큰 인물이었다. 지훈의 면모를 알기 위해서는 그의 전체상을 살펴볼 필요가 있다. 한국의 현대사를 연구하려는 사람은 반드시 먼저 한국현대정신사의 지형을 이해해야 한다. 우리는 지훈의 전집이 한국현대정신사의 지도를 완성하는 데 기여하리라고 확신하고, 지훈이 걸은 자취를 따르려는 사람들뿐 아니라 지훈을 비판하고 극복하려는 사람들에게도 지훈의 전모를 객관적으로 인식할 수 있게 해야 한다고 생각하여 오래전에 절판된 지훈의 전집을 새롭게 편찬하기로 하였다. 이 전집은 세대를 넘어 오래 읽히도록 편집에 공을 들이었고, 연구자의 자료가 되도록 판본들을 일일이 대조하여 결정본을 확정하였고 1973년판 전집에 누락된 논설과 한시들을 찾아 수록하였다.

전집 출판의 어려운 일을 맡아 주신 나남출판 조상호 사장의 특별한 뜻에 충심으로 경의를 표하며 1973년판 전집의 판권을 선선

히 넘겨주신 일지사 김성재 사장의 후의에 감사드린다. 교정에 수
고하신 나남 편집부 여러분의 노고에 깊은 사의를 표하는 바이다.

1996년 2월

홍일식·홍기삼·최정호·최동호·인권환·이성원·

이동환·박노준·김인환 (《조지훈 전집》 편집위원)

일러두기

1. 이 책은 지훈이 생전에 펴낸 시집(총 5권)《청록집》(1946),《풀잎단장》 (1952),《조지훈 시선》(1956),《역사 앞에서》(1959),《여운》(1964)에 수록 된 시, 시집에 수록되지 않은 시를 함께 묶었다.

2. 《조지훈 전집》1권《詩》(1996),《지훈육필시집》(2001)을 기반으로 작품의 정본을 만들고자 경북 영양 지훈문학관의 자료 도움으로 지훈의 시집(총 5권) 원본을 확인하였고, 시집 이외 확인 가능한 발표지를 모두 찾아 이본을 대조 하였다. 판본마다 표기가 다를 경우, 지훈이 가장 나중에 발표 또는 출간한 것을 기준으로 삼았다.

3. 《조지훈 전집》(1996)에 여러 이본을 함께 수록한 작품은 지훈이 지면에 발 표한 것만 저본으로 삼아 실었다.

4. 지훈의 시집에 수록된 작품은 각각 1~5부에 실었다. 여러 권의 시집에 실린 것은 가장 먼저 출간된 시집의 부에만 배치했으며, 부의 첫머리에 각 시집의 차례를 옮겼다. 지훈의 시집에 수록되지 않은 작품은 지훈이 〈나의 시의 편 력〉에서 논한 시의 분류를 바탕으로 6~8부에 배치했다.

5. 현대 독자들이 어려움 없이 작품을 향유할 수 있도록 한자는 모두 한글로 바꾸 고, 필요한 경우에만 함께 썼다. 표기는 가능한 현행 한글 맞춤법을 따르고, 시인 특유의 시적 표현(방언과 옛말 등)은 원래대로 두었다.

6. 각주의 '[원주]'는 지훈이 생전에 펴낸 시집에 기재된 대로 썼다.

7. 부록으로 지훈이 한시를 국역한 것과 직접 지은 한시, 지훈의 시론 〈나의 시의 편력〉을 수록하였으며, 조지훈 시 연보와 색인을 별도로 만들었다.

차례

1부   청록집

2부   풀잎단장

3부 조지훈 시선

4부 역사 앞에서

27

5부 여운

8부   새 아침에

부록

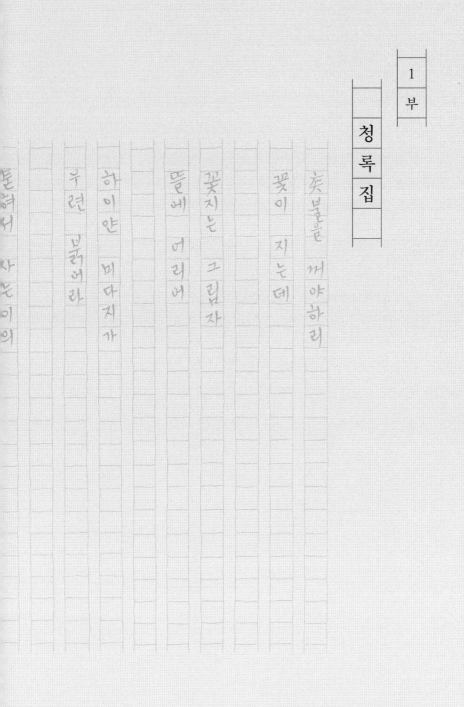

1 부

청 록 집

촛불은 꺼야하리

꽃이 지는데

꽃지는 그림자

뜰에 어리어

하이얀 미다지가

우련 붉어라

《청록집》(을유문화사, 1946) 차례

봉황수 | 고풍의상 | 무고 | 낙화[낙화 1] | 피리를 불면[의루취적] |
고사 1 | 고사 2 | 완화삼 | 율객 | 산방 | 파초우 | 승무

봉황수 鳳凰愁

　벌레 먹은 두리기둥 빛 낡은 단청 풍경소리 날아간 추녀 끝에는 산새도 비둘기도 둥우리를 마구 쳤다. 큰 나라 섬기다 거미줄 친 옥좌 위엔 여의주 희롱하는 쌍룡 대신에 두 마리 봉황새를 틀어 올렸다. 어느 땐들 봉황이 울었으랴만 푸르른 하늘 밑 추석을 밟고 가는 나의 그림자. 패옥 소리도 없었다 품석 옆에서 정일품 종구품 어느 줄에도 나의 몸 둘 곳은 바이없었다. 눈물이 속된 줄을 모를 양이면 봉황새야 구천에 호곡하리라.

고풍의상 古風衣裳

하늘로 날을 듯이 길게 뽑은 부연附椽 끝 풍경이 운다
처마 끝 곱게 느리운 주렴에 반월이 숨어
아른아른 봄밤이 두견이 소리처럼 깊어가는 밤
고와라 고와라 진정 아름다운지고
파르란 구슬빛 바탕에 자줏빛 회장을 받친 회장저고리
회장저고리 하얀 동정이 환하니 밝도소이다
살살이 퍼져 내린 곧은 선이 스스로 돌아 곡선을 이루는 곳
열두 폭 기인 치마가 사르르 물결을 친다
치마 끝에 곱게 감춘 운혜 당혜
발자취 소리도 없이 대청을 건너 살며시 문을 열고
그대는 어느 나라의 고전을 말하는 한 마리 호접
호접인 양 사뿟이 춤을 추라 아미蛾眉를 숙이고……
나는 이 밤에 옛날에 살아 눈 감고 거문고 줄 골라 보리니
가는 버들인 양 가락에 맞추어 흰 손을 흔들어지이다

무고 舞鼓

진주 구슬 오소소 오색 무늬 뿌려 놓고
긴 자락 칠색선線 화관 몽두리.

수정 하늘 반월 속에 채의 입은 아가씨
피리 젓대 고운 노래 잔조로운 꿈을 따라

꽃구름 휘몰아서 발아래 감고
감은 머리 푸른 수염 네 활개를 휘돌아라

맑은 소리 품은 고鼓 한 송이 꽃을
호접의 나래가 싸고 돌더니

풀밭에 앉은 나비 다소곳이 물러가고
꿀벌의 날개 끝에 맑은 청 고鼓가 운다.

은 무지개 너머로 작은 별 하나
꽃수실 채색 무늬 화관 몽두리.

낙화 1

꽃이 지기로소니
바람을 탓하랴

주렴 밖에 성긴 별이
하나둘 스러지고

귀촉도 울음 뒤에
머언 산이 다가서다.

촛불을 꺼야 하리
꽃이 지는데

꽃 지는 그림자
뜰에 어리어

하이얀 미닫이가
우련 붉어라.

묻혀서 사는 이의
고운 마음을

아는 이 있을까

저어하노니

꽃이 지는 아침은
울고 싶어라.

의루취적 倚樓吹笛 *

다락에 올라서
피리를 불면

만 리 구름 길에
학이 운다

이슬에 함초롬
젖은 풀잎

달빛도 푸른 채로
산을 넘는데

물 위에 바람이
흐르듯이

내 가슴에 넘치는
차고 흰 구름

다락에 기대어
피리를 불면

꽃비 꽃바람이

눈에 어리어

바라뵈는 자하산
열두 봉우리

싸리나무 새순 뜯는
사슴도 운다

• 《청록집》에서는 제목이 '피리를 불면'이다.

고사 古寺 1

목어를 두드리다
졸음에 겨워

고오운 상좌 아이도
잠이 들었다.

부처님은 말이 없이
웃으시는데

서역 만 리 길
눈부신 노을 아래

모란이 진다.

고사古寺 2

목련꽃 향기로운 그늘 아래
물로 씻은 듯이 조약돌 빛나고

흰 옷깃 매무새의 구층탑 위로
파르라니 돌아가는 신라 천년의 꽃구름이여

한나절 조찰히 구르던
여울물 소리 그치고
비인 골에 은은히 울려오는 낮 종소리

바람도 잠자는 언덕에서 복사꽃잎은
종소리에 새삼 놀라 떨어지노니

무지갯빛 햇살 속에
의희한 단청은 말이 없고……

완화삼 玩花衫
목월木月에게

차운 산 바위 위에
하늘은 멀어
산새가 구슬피
울음 운다

구름 흘러가는
물길은 칠백 리

나그네 긴 소매
꽃잎에 젖어
술 익는 강마을의
저녁노을이여

이 밤 자면 저 마을에
꽃은 지리라

다정하고 한 많음도
병인 양하여
달빛 아래 고요히
흔들리며 가노니……

율객律客

보리 이삭 밀 이삭
물결치는 이랑 사이
고요한 외줄기 들길 위로
한낮 겨운 하늘 아래 구름에 싸여
외로운 나그네가 흘러가느니

우피牛皮 쌈지며 대모玳瑁 안경집이랑
허리끈에 느직이 매어 두고

간밤 비바람에
그물모시 두루마기도 풀이 죽어서
때 묻은 버선이랑 곰방대 함께
가벼이 어깨에 둘러메고

서낭당 구슬픈 돌더미 아래
여울물 흐느끼는 바위 가까이
지친 다리 쉬일 젠 두 눈을 감고
귀히 지닌 해금의 줄을 켜느니

노닥노닥 기워진
흰 저고리 당홍 치마
맨발 벗고 따라오던 막내 딸년도

오리목木 늘어선 산골에다 묻고 왔노라

솔나무 잣나무 우거진 높은 고개
아스라이 휘도는 길 해가 저물어
사늘한 바람결에 흰 수염을 날리며
서러운 나그네가 홀로 가느니

산방山房*

닫힌 사립에
꽃잎이 떨리노니

구름에 싸인 집이
물소리도 스미노라

단비 맞고 난초 잎은
새삼 치운데

볕바른 미닫이를
꿀벌이 스쳐간다.

바위는 제자리에
옴찍 않노니

푸른 이끼 입음이
자랑스러라.

아스럼 흔들리는
소소리 바람

고사리 새순이

도르르 말린다.

파초우 芭蕉雨

외로이 흘러간
한 송이 구름
이 밤을 어디메서
쉬리라던고

성긴 빗방울
파초 잎에 후두기는 저녁 어스름
창 열고 푸른 산과
마주 앉어라

들어도 싫지 않은
물소리기에
날마다 바라도
그리운 산아

온 아침 나의 꿈을
스쳐 간 구름
이 밤을 어디메서
쉬리라던고

승무 僧舞

얇은 사絲 하이얀 고깔은 고이 접어서 나빌레라

파르라니 깎은 머리 박사薄紗 고깔에 감추오고
두 볼에 흐르는 빛이 정작으로 고와서 서러워라

빈 대에 황촉불이 말없이 녹는 밤에
오동잎 잎새마다 달이 지는데

소매는 길어서 하늘은 넓고
돌아설 듯 날아가며 사뿐히 접어 올린 외씨버선이여

까만 눈동자 살포시 들어
먼 하늘 한 개 별빛에 모도우고

복사꽃 고운 뺨에 아롱질 듯 두 방울이야
세사에 시달려도 번뇌는 별빛이라

휘어져 감기우고 다시 접어 뻗는 손이
깊은 마음속 거룩한 합장인 양하고

이 밤사 귀뚜리도 지새우는 삼경인데
얇은 사 하이얀 고깔은 고이 접어서 나빌레라

꿀벌이 스쳐간다

바위는 제자리에

움직 않노니

푸른이끼 입음이

자랑스러라

아스럼 흔들리는

소리 바람

《풀잎단장》(창조사, 1952) 차례

절정
아침[화체개현] | 산길 | 풀밭에서 | 묘망 | 그리움 | 편지 | 절정

창
밤 | 창 | 풀잎단장 | 암혈의 노래 | 흙을 만지며 |
바다가 보이는 언덕에 서면 | 사모

고사
마을 | 산[산 2] | 고사[고사 1] | 산방 | 앵음설법 | 달밤 | 도라지꽃

파초우
낙화 | 파초우 | 고목 | 완화삼 | 낙엽 | 송행[송행 2] | 의루취적

석문
봉황수 | 향문 | 고풍의상 | 승무 | 율객 | 석문 | 가야금

화체개현花體開顯 *

실눈을 뜨고 벽에 기대인다 아무것도 생각할 수가 없다

짧은 여름밤은 촛불 한 자루도 못다 녹인 채 사라지기 때문에 섬 돌 위에 문득 석류꽃이 터진다

꽃망울 속에 새로운 우주가 열리는 파동! 아 여기 태곳적 바다의 소리 없는 물보라가 꽃잎을 적신다

방 안 하나 가득 석류꽃이 물들어 온다 내가 석류꽃 속으로 들어 가 앉는다 아무것도 생각할 수가 없다

---

* 《풀잎단장》에서는 제목이 '아침'이다.

산길

혼자서 산길을 간다 풀도 나무도 바위도 구름도 모두 무슨 얘기를 속삭이는데 산새 소리조차 나의 알음알이로는 풀이할 수가 없다.

바다로 흘러가는 산골 물소리만이 깊은 곳으로 깊은 곳으로 스며드는 그저 아득해지는 내 마음의 길을 열어 준다.

이따금 내 손끝에 나의 발가숭이 영혼이 부딪혀 푸른 하늘에 천둥번개가 치고 나의 마음에는 한나절 소낙비가 쏟아진다.

풀밭에서

바람이 부는 벌판을 간다 흔들리는 내가 없으면 바람은 소리조차 지니지 않는다 머리칼과 옷고름을 날리며 바람이 웃는다 의심할 수 없는 나의 영혼이 나직이 바람이 되어 흐르는 소리.

어디를 가도 새로운 풀잎이 고개를 든다 땅을 밟지 않곤 나는 바람처럼 갈 수가 없다 조약돌을 집어 바람 속에 던진다 이내 떨어진다 가고는 다시 오지 않는 그리운 사람을 기다리기에 나는 영영 사라지지 않는다.

차라리 풀밭에 쓰러진다 던져도 하늘에 오를 수 없는 조약돌처럼 사랑에는 뉘우침이 없다 내 지은 죄는 끝내 내가 지리라 아 그리움 하나만으로 내 영혼이 바람 속에 간다.

묘망 渺茫

내 오늘밤 한 오리 갈댓잎에 몸을 실어 이 아득한 바닷속 창망한 물굽이에 씻기는 한 점 바위에 누웠나니

생은 갈수록 고달프고 나의 몸 둘 곳은 아무 데도 없다 파도는 몰려와 몸부림치며 바위를 물어뜯고 넘쳐나는데 내 귀가 듣는 것은 마지막 물결 소리 먼 해일에 젖어 오는 그 목소리뿐

아픈 가슴을 어쩌란 말이냐 허공에 던져진 것은 나만이 아닌데 하늘에 달이 그렇거니 수많은 별들이 다 그렇거니 이 광대무변한 우주의 한 알 모래인 지구의 둘레를 찰랑이는 접시 물 아 바다여 너 또한 그렇거니

내 오늘 바닷속 한 점 바위에 누워 하늘을 덮는 나의 사념이 이다지도 작음을 비로소 깨닫는다

그리움

　머언 바다의 물보라 젖어오는 푸른 나무 그늘 아래 늬가 말없이 서 있을 적에 늬 두 눈썹 사이에 마음의 문을 열고 하늘을 내다보는 너의 영혼을 나는 분명히 볼 수가 있었다

　늬 육신의 어디메 깃든지를 너도 모르는 서러운 너의 영혼을 늬가 이제 내 앞에 다시 없어도 나는 역력히 볼 수가 있구나

　아아 이제사 깨닫는다 그리움이란 그 육신의 그림자가 보이는 게 아니라 천지에 모양 지을 수 없는 아득한 영혼이 하나 모습되어 솟아 오는 것임을……

편지

사라지는 이의 서러운 모습은
나의 고달픈 호흡 안에 잦아든다

가고 가면 돌아설 곳이 없어
지구가 둥글다는 것도 운명이어라

저승에서라도 다시 만나지 말자
웃으며 나노인 어제 오늘

벗어 버려도 웃어 버려도
자꾸만 흩날리는 오뇌의 옷을

아 밀려오는 어스름 초밤별 아래
그대 이슬 되어 촉촉이 젖어 드는데

영겁의 바람 속에
꽃처럼 벙어리 된 나의 청춘은……

절정

　나는 어느새 천 길 낭떠러지에 서 있었다 이 벼랑 끝에 구름 속에 또 그리고 하늘가에 이름 모를 꽃 한 송이는 누가 피워 두었나 흐르는 물결이 바위에 부딪칠 때 튀어 오르는 물방울처럼 이내 공중에서 사라져 버리고 말 그런 꽃잎이 아니었다.

　몇만 년을 울고 새운 별빛이기에 여기 한 송이 꽃으로 핀단 말인가 죄지은 사람의 가슴에 솟아오르는 샘물이 눈가에 어리었다간 그만 불붙는 심장으로 염통 속으로 스며들어 작은 그늘을 이루듯이 이 작은 꽃잎에 이렇게도 크낙한 그늘이 있을 줄은 몰랐다.

　한 점 그늘에 온 우주가 덮인다 잠자는 우주가 나의 한 방울 핏속에 안긴다 바람도 없는 곳에 꽃잎은 바람을 일으킨다 바람을 부르는 것은 날 오라 손짓하는 것 아 여기 먼 곳에서 지극히 가까운 곳에서 보이지 않는 꽃나무 가지에 심장이 찔린다 무슨 야수의 체취와도 같이 전율할 향기가 옮겨 온다.

　나는 슬기로운 사람이 아니었다 그러기에 한 송이 꽃에 영원을 찾는다 나는 또 철모르는 어린애도 아니었다 영원한 환상을 위하여 절정의 꽃잎에 입맞추고 길이 잠들어 버릴 자유를 포기한다.

　다시 산길을 내려온다 조약돌은 모두 태양을 호흡하기 위하여 비수처럼 빛나는데 내가 산길을 오를 때 쉬어가던 주막에는 옛 주인이 그대로 살고 있었다 이마에 주름살이 몇 개 더 늘었을 뿐이었다 울타리에 복사꽃만 구름같이 피어 있었다 청댓잎 잎새마다 새로운 피가 돌아 산새는 그저 울고만 있었다.

문득 한 마리 흰나비! 나비! 나비! 나를 잡지 말아다오 나의 인생은 나비 날개의 가루처럼 가루와 함께 절명하기에 — 아 눈물에 젖은 한 마리 흰나비는 무엇이냐 절정의 꽃잎을 가슴에 물들이고 삿된 마음이 없이 죄지은 참회에 내가 고요히 웃고 있었다.

밤

누구가 부르는 듯
고요한 밤이 있습니다.

내 영혼의 둘렛가에
보슬비 소리 없이 내리는
밤이 있습니다.

여윈 다섯 손가락을
촛불 아래 가지런히 펴고

자단향 연기에 얼굴을 부비며
울지도 못하는 밤이 있습니다.

하늘에 살아도
우러러 받드는 하늘은 있어
구름 밖에 구름 밖에 높이 나는 새

창턱에 고인 흰 뺨을
바람이 만져 주는
밤이 있습니다.

창

강냉이 수숫대 자란
푸른 밭을 뜰로 삼고

구름이 와서 자다
흘러가고……

가고 가면 무덤에
이른다는 오솔길이

비둘기 우는 밭머리에
닿았습니다.

외로이 스러지는 생명의
모든 그림자와

등을 마주대고 돌아 앉아
말없이 우는 곳

지대한 공간을 막고
다시 무한에 통하나니

내 여기 기대어

깊은 밤 빛나는 별이나

이른 아침
떨리는 꽃잎과 얘기하여라

풀잎단장斷章

무너진 성터 아래 오랜 세월을 풍설에 깎여온 바위가 있다.

아득히 손짓하며 구름이 떠가는 언덕에 말없이 올라서서

한 줄기 바람에 조찰히 씻기우는 풀잎을 바라보며

나의 몸가짐도 또한 실오리 같은 바람결에 흔들리노라

아 우리들 태초의 생명의 아름다운 분신으로 여기 태어나

고달픈 얼굴을 마주 대고 나직이 웃으며 얘기하노니

　때의 흐름이 조용히 물결치는 곳에 그윽이 피어오르는 한 떨기 영혼이여

암혈_{岩穴}의 노래

야위면 야윌수록
살찌는 혼

별과 달이 부서진
샘물을 마신다.

젊음이 내게 준
서릿발 칼을 맞고

창이_{創痍}를 어루만지며
내 홀로 쫓겨 왔으나

세상에 남은 보람이
오히려 크기에

풀을 뜯으며
나는 우노라.

꿈이여 오늘도
광야를 달리거라

깊은 산골에

잎이 진다.

흙을 만지며

여기 피비린 옥루를 헐고
따사한 햇살에 익어가는
초가삼간을 나는 짓자.

없는 것 두고는 모두 다 있는 곳에
어쩌면 이 많은 외로움이 그물을 치나.

허공에 박힌 화살을 뽑아
한 자루 호미를 벼리어 보자

풍기는 흙냄새에 귀 기울이면
뉘우침의 눈물에서 꽃이 피누나.

마지막 돌아갈 이 한 줌 흙을
스며서 흐르는 산골 물소리.

여기 가난한 초가를 짓고
푸른 하늘이 사철 넘치는
한 그루 나무를 나는 심자.

있는 것밖에는 아무것도 없는 곳에
어쩌면 이 많은 사랑이 그물을 치나.

바다가 보이는 언덕에 서면

바다가 보이는 언덕에 서면
나는 아직도 작은 짐승이로다

인생은 항시 멀리
구름 뒤에 숨고

꿈결에도 아련한
피와 고기 때문에

나는 아직도
괴로운 짐승이로다

모래밭에 누워서
햇살 쪼이는 꽃조개같이

어두운 무덤을 헤매는 망령인 듯
가련한 거이와 같이

언제나 한 번은
손들고 몰려오는 물결에 휩싸일

나는 눈물을 배우는 짐승이로다

바다가 보이는 언덕에 서면

사모

그대와 마주 앉으면
기인 밤도 짧고나

희미한 등불 아래
턱을 고이고

단둘이서 나누는
말 없는 얘기

나의 안에서
다시 나를 안아 주는

거룩한 광망
그대 모습은

운명보다 아름답고
크고 밝아라

물들은 나무 잎새
달빛에 젖어

비인 뜰에 귀뚜리와

함께 자는데

푸른 창가에
귀 기울이고

생각하는 사람 있어
밤은 차고나

마을

메밀꽃 우거진
오솔길에

양 떼는 새로 돋은
흰 달을 따라간다

늴리리 호드기 불던
소 치는 아이가

잔디밭에 누워
하늘을 본다

산 너머로 흰 구름이
나고 죽는 것을

목화 따는 색시는
잊어버렸다.

산 2

산이 구름에 싸인들
새소리야 막힐 줄이

안개 잦아진 골에
꽃잎도 떨렸다고

소나기 한 주름 스쳐간 뒤
벼랑 끝 풀잎에 이슬이 진다

바위도 하늘도 푸르러라
고운 넌출에

사르르 감기는
바람 소리

앵음설법鶯吟說法*

벽에 기대 한나절 조을다 깨면 열어젖힌 창으로 흰 구름 바라기가
무척 좋아라

노수좌老首座는 오늘도 바위에 앉아 두 눈을 감은 채로 염주만 센다

스스로 적멸하는 우주 가운데 먼지 앉은 경經이야 펴기 싫어라

전연篆煙이 어리는 골 아지랑이 피노니 떨기낡에 우짖는 꾀꼬리 소리

이 골 안 꾀꼬리 고운 사투린 범패 소리처럼 낭랑하구나

벽에 기대 한나절 조을다 깨면 지나는 바람결에 속잎 피는 고목古木
이 무척 좋아라

* '지훈시초'의 육필원고에서는 제목이 '상원암上院庵'이다.

달밤

순이가 달아나면
기인 담장 위로
달님이 따라오고

분이가 달아나면
기인 담장 밑으로
달님이 따라가고

하늘에 달이야 하나인데……

순이는 달님을 데리고
집으로 가고

분이도 달님을 데리고
집으로 가고

도라지꽃

기다림에 야윈 얼굴
물 위에 비추이며

가녀린 매무새
홀로 돌아앉다.

못 견디게 향기로운
바람결에도

입 다물고 웃지 않는
도라지꽃아.

고목枯木

영嶺 넘어가는 길에
임자 없는 무덤 하나
주막이 하나

시름은 무거운데
주머니 비었거다

하늘은 마냥 높고
고목古木 가지에

서리 까마귀 우지짖는
저녁노을 속

나그네는 홀로 가고
별이 새로 돋는다

영 넘어 가는 길에
산 사람의 무덤 하나
죽은 이의 집

낙엽

바람에 낡아가는
고목古木 등걸에

오늘도 하루 해가
저무런고나

이무 돌올突兀한
뫼뿌리 하나

소세蕭洒로운 구름 밖에
날카로운데

하나둘 구르는
낙엽을 따라

흘러간 내 영혼의
머언 길이여

바람에 낡아가는
고목 등걸에

오늘도 하루 해가

저무련고나

송행送行 2

만輓 오일도吳一島 선생

임 호올로 가시는 길
서역 만 리 길

먼 산 둘레둘레
물굽이마다

아득한 풀향기
밀려오는 길

흰 옷자락 아슴아슴
바람에 날아

모든 시름 잊으시고
피리를 불며

노을 타고 가시는 길
서역 만 리 길

향문 香紋

성터 거닐다 주워온 깨진 질그릇 하나
닦고 고이 닦아 열 오른 두 볼에 대어 보다.

아무렇지도 않은 곳에 무르녹는 옛 향기라
질항아리에 곱게 그린 구름무늬가
금시라도 하늘로 피어날 듯 아른하다.

눈 감고 나래 펴는 향기로운 마음에
머언 그 옛날 할아버지 흰 수염이
아주까리 등불에 비취어 자애롭다.

꽃밭에 놓고 이슬 받아 책상에 올리면
그 밤 내 베갯머리에 옛날을 보리니
옛날을 봐도 내사 울지 않으련다.

석문

당신의 손끝만 스쳐도 여기 소리 없이 열릴 돌문이 있습니다 뭇사람이 조바심치나 굳이 닫힌 이 돌문 안에는 석벽난간 열두 층계 위에 이제 검푸른 이끼가 앉았습니다.

당신이 오시는 날까지는 길이 꺼지지 않을 촛불 한 자루도 간직하였습니다 이는 당신의 그리운 얼굴이 이 희미한 불 앞에 어리울 때까지는 천년이 지나도 눈 감지 않을 저의 슬픈 영혼의 모습입니다.

길숨한 속눈썹에 항시 어리우는 이 두어 방울 이슬은 무엇입니까 당신이 남긴 푸른 도포자락으로 이 눈물을 씻으랍니까

두 볼은 옛날 그대로 복사꽃 빛이지만 한숨에 절로 입술이 푸르러 감을 어찌합니까

몇만 리 굽이치는 강물을 건너와 당신의 따슨 손길이 저의 흰 목덜미를 어루만질 때 그때야 저는 자취도 없이 한 줌 티끌로 사라지겠습니다 어두운 밤하늘 허공중천에 바람처럼 사라지는 저의 옷자락은 눈물 어린 눈이 아니고는 보지 못하오리다.

여기 돌문이 있습니다 원한도 사무칠 양이면 지극한 정성에 열리지 않는 돌문이 있습니다 당신이 오셔서 다시 천년토록 앉아서 기다리라고 슬픈 비바람에 낡아가는 돌문이 있습니다.

가야금

1

휘영청 달 밝은 제 창 열고 홀로 앉다 품에 가득 국화향기 외로움
이 병이어라.

푸른 담배연기 하늘에 바람 차고 붉은 술그림자 두 뺨이 더워 온다.

천지가 괴괴한데 찾아올 이 하나 없다 우주가 망망해도 옛 생각은
새로워라.

달 아래 쓰러지니 깊은 밤은 바다런듯 창망한 물결 소리 초옥이
떠나간다.

2

조각배 노 젓듯이 가얏고를 앞에 놓고 열두 줄 고른 다음 벽에 기
대 말이 없다.

눈 스르르 감고 나니 흥이 먼저 앞서노라 춤추는 열 손가락 제대
로 맡길랐다.

구름 끝 드높은 길 외기러기 울고 가네 은하 맑은 물에 뭇별이 잠
기다니.

내 무슨 한이 있어 흥망도 꿈속으로 잊은 듯 되살아서 임 이름 부르는고.

3

풍류 가얏고에 이는 꿈이 가이없다 열두 줄 다 끊어도 울리고 말 이 심사라.

줄줄이 고로 눌러 맺힌 시름 풀이랐다 머리를 끄덕이고 손을 잠깐 슬쩍 들어

뚱 뚱 뚱 두두 뚱뚱 흥흥 응 두두 뚱 뚱 조격을 다 잊으니 손끝에 피 맺힌다.

구름은 왜 안 가고 달빛은 무삼 일 저리 흰고 높아가는 물소리에 청산이 무너진다.

《조지훈 시선》(정음사, 1956) 차례

길

나는 세월과 함께 간다. 세월은 날 떨어트릴 수가 없다.

다만 세월은 술을 마실 줄 모른다. 내가 주막에 들어 한잔 기울이고 잠이 든 사이에 세월은 나를 기다리며 저만치 앞서간다. 나는 놀란 듯이 일어나 세월을 따라간다. 나는 벌써 세월보다 앞에 가고 있었다. 숨이 가쁘다. 길가에 쓰러진다.

또 하나 세월이 달려와서 나를 붙들어 일으킨다. 다시 조용히 걸어간다. 먼저 가던 세월이 따라와서 풀밭에 주저앉는다.

두 세월이 무슨 얘기를 속삭인다. 나는 혼자서 그들을 기다리며 저만치 앞서간다.

나는 또 주막에 들어 한잔 기울일 수밖에 없다. 한잔 마시고 싸움하는 구경 좀 하고 나도 덩달아 큰 호통을 치고 멱살을 잡히고 이내 긴 노래 한 굽이를 꺾어 넘길 수밖에 없다. 그 무렵은 대개 황혼이었다.

새 세월이 작은 종이쪽 하나를 가지고 온다 죽은 세월의 유서! 종이를 펴든다. 거기 내가 그에게 들려준 노래가 적혀 있다.

지옥기 地獄記

　여기는 그저 짙은 오렌지빛 하나로만 물든 곳이라고 생각하십시오. 사람 사는 땅 위의 그 황혼과도 같은 빛깔이라고 믿으면 좋습니다. 무슨 머언 생각에 잠기게 하는 그런 숨 막히는 하늘에 새로 오는 사람만이 기다려지는 곳이라고 생각하십시오.

　여기에도 태양은 있습니다. 태양은 검은 태양, 빛을 위해서가 아니라 차라리 어둠을 위해서 있습니다. 죽어서 낙엽처럼 떨어지는 생명도 이 하늘에 이르러서는 눈부신 빛을 뿌리는 것, 허나 그것은 유성과 같이 이내 스러지고 마는 빛이라고 생각하십시오.

　이곳에 오는 생명은 모두 다 파초 잎같이 커다란 잎새 위에 잠이 드는 한 마리 새올습니다. 머리를 비틀어 날갯죽지 속에 박고 눈을 치올려 감은 채로 고요히 잠이 든 새올습니다. 모든 세포가 다 죽고도 기도를 위해 남아 있는 한 가닥 혈관만이 가슴속에 촛불을 켠다고 믿으십시오.

　여기에도 검은 꽃은 없습니다. 검은 태양빛 땅 위에 오렌지 하늘빛 해바라기만이 피어 있습니다. 스스로의 기도를 못 가지면 이 하늘에는 한 송이 꽃도 보이지 않는다고 믿으십시오.

　아는 것만으로는 아무 소용이 없습니다. 첫사랑이 없으면 구원의 길이 막힙니다. 누구든지 올 수는 있어도 마음대로 갈 수는 없는

곳, 여기엔 다만 오렌지빛 하늘을 우러르며 그리운 사람을 기다리
는 기도만이 있어야 합니다.

손•

1

질주하는 기차에 뛰어든 청년이 있었다. 청년의 찢어진 심장은 신의 영토의 한 모퉁이를 붉게 물들였으나 신은 그의 영혼을 불러 주지 않았다. 사산된 지체肢體 위에 무의미한 태양이 비치고 있었다. 여기 한나절을 미풍이 불어와 피비린내를 싣고 향방 없이 흘러갔다. 삶과 죽음의 이 영원한 평행선 위에 청년은 깨물어 피 터진 입을 맞추었다. 울어도 흐르지 않던 옛날의 눈물을 쏟았으나 인생은 하찮은 초등수학 - 두 줄기 레일은 끝내 모일 줄을 몰랐다. 사랑과 미움의 궤도 위에 제 가슴의 뜨거운 한숨으로써 끝없이 굴러가는 기차의 의미를 아는 사람은 아무도 없었다.

2

철로가에는 떨어져 나온 청년의 팔 하나가 던져져 있었다. 그 피 묻은 손목에는 시계가 그대로 가고 있었다. 시계는 본디 주인이 없다. 항상 주인의 의지를 감시하는 자 그리고 반역하는 자. 청년은 왜 시계의 모가지를 비틀지 않고 저만 죽어갔을까. 영원의 자기한정 위에서만 죽음은 성립한다. 죽는 자만이 영원을 안다. 죽음은 시간의식의 살육이요 포기! 청년의 생명이 끊어진 시간을 아는 사람은 아무도 없었다.

3

신은 태초에 인간을 지을 적에 흙으로써 빚지 않고 로고스로 빚었더니라. 사람에게 말을 주어 기구와 저주를 함께 가르쳤나니 귀로 선을 듣게 하고 눈으로 악을 보게 한 자여 '로고스'로 손을 만들어 죄악의 연모가 되게 한 자여 너는 그대로 원죄의 과실, 인류는 손 때문에 일어나고 손 때문에 멸망하리라. 구원하라 인간의 손을―아무것도 바라지 않는 이 청년의 허무한 기도企圖, 그 일체의 포기 속에 애절하고 진실한 간구가 있다.

4

신의 권위에 희생된 손 하나가 여기 황톳길에 버려져 있다. 이미 영혼을 잃어버린 손은 그대로 하나의 낙엽과 같다. 다섯 가락은 엽맥, 거기서 피가 흐른다. 아니 동물성 수액이 흐른다. 허공에 표류하는 청년의 영혼이야 구원되어도 이 별빛 아래 버려져 있는 청년의 손은 까맣게 모르리니 희생으로 버림받은 자의 영광은 로고스 아닌 흙으로 환원하리라―시간의 손만이 허공에 돌고 있었다.

• 육필원고에서는 제목이 '시간의 손'이다.

월광곡 月光曲

작은 나이프가 달빛을 빨아들인다. 달빛은 사과 익는 향기가 난다. 나이프로 사과를 쪼갠다. 사과 속에서도 달이 솟아오른다.

달빛이 묻은 사과를 빤다. 소녀가 사랑을 생각한다. 흰 침의를 갈아 입는다. 소녀의 가슴에 달빛이 내려앉는다.

소녀는 두 손을 모은다. 달빛이 간지럽다. 머리맡의 시집을 뽑아 젖가슴을 덮는다. 사과를 먹고 나서 이브는 부끄러운 곳을 가리웠다 는데…… 시집 속에서 사과 익는 향기가 풍겨 온다.
달이 창을 열고 나간다.

시계가 두 시를 친다. 성당 지붕 위 십자가에 달이 걸려서 처형된다. 낙엽 소리가 멀어진다. 소녀의 눈이 감긴다.

달은 허공에 떠오르는 구원久遠한 원광 그리운 사람의 모습이 달이 되어 부활한다. 부끄러운 곳을 가리지 못하도록 두 팔을 잘리운 '밀로의 비너스'를 생각한다. 머리칼 하나 만지지 않고 떠나간 옛사람을 생각한다.
소녀의 꿈속에 달빛이 스며든다. 소녀의 심장이 달을 잉태한다. 소녀의 잠든 육체에서 달빛이 퍼져 나간다. 소녀는 꿈속에서도 기도한다.

종소리

바람 속에서 종이 운다. 아니 머릿속에서 누가 징을 친다.

낙엽이 흩날린다 꽃조개가 모래밭에 뒹군다 사람과 새짐승과 푸나무가 서로 목숨을 바꾸는 저자가 선다.

사나이가 배꼽을 내놓고 앉아 칼자루에 무슨 꿈을 조각한다. 계집의 징그러운 나체가 나뭇가지를 기어오른다. 혓바닥이 날름거린다. 꽃같이 웃는다.

극장도 관중도 없는데 두개골 안에는 처참한 비극이 무시로 상연된다. 붉은 욕정이 겨룬다 검은 살육이 찌른다. 노오란 운명이 덮는다. 천둥 벽력이 친다.
아 —.

그 원시의 비극의 막을 올리라고 숨어 앉아 몰래 징을 울리는 자는 대체 누구냐.

울지 말아라 울리지 말아라 깊은 밤에 구슬픈 징 소리. 아니 백주 대낮에 눈먼 종소리.

영상影像

이 어둔 밤을 나의 창가에 가만히 붙어 서서
방 안을 들여다보고 있는 사람은 누군가.

아무 말이 없이 다만 가슴을 찌르는 두 눈초리만으로
나를 지키는 사람은 누군가.

만상이 깨어 있는 칠흑의 밤 감출 수 없는
나의 비밀들이 파란 인광燐光으로 깜박이는데

내 불안에 질리어 땀 흘리는 수많은 밤을
종시 창가에 붙어 서서 지켜보고만 있는 사람

아 누군가 이렇게 밤마다 나를 지키다가도
내 스스로 죄의 사념을 모조리 살육하는 새벽에 —

가슴 열어젖히듯 창문을 열면 그때사 저
박명의 어둠 속을 쓸쓸히 사라지는 그 사람은 누군가.

유찬流竄

검은 침실의 유리창가로
붉고 푸른 옷을 입은 요정이 춤추고

부서진 별들은 모여 와서
온 밤을 귀뚜리보다도 섧게 울었다.

흑의黑衣의 기인 옷자락을 끌고 메마른 손을 들어
유찬의 황제가 부는 피리 소리!

내가 병든 태양을 사모하는 밤마다
두견이 목청은 피에 젖어 있었다.

눈물의 훈장을 풀어 주고 술을 마시는
옛날의 옛날의 서러운 황제…….

떠나간 청춘이 다시 술잔 속으로 돌아오는 밤에
준마의 창이創痍에 비가 내린다.

학

푸른 허공에 모가지를 빼고
운소雲霄에 뽑는 울음이 차라리 웃음 같다.

하늘 그리움에 부질없는 다리가 길어
너는 한 마리 슬픈 학

욕된 땅을 밟기에
한쪽 발을 짐짓 아낀다.

배꽃 날리듯이 바퀴를 돌아
고목古木 천년에 둥우리를 친다.

부시 浮屍

고오히 자라다.
질식하다.

슬픈 가슴 화미로운 타성.

옥같다 부서진 쪽빛 질곡에
뜬구름 하나둘이 고운 만가輓歌라

기울었다 하이얀 조각달조차
야윈 요카낭의 늑골아 울어라.

작은 수족관 삼각의 파창破窓.

맑은 성性 살아오다 가는 호드기
길이 회한 없이 고오히 눈 감다.

춘일春日

동백꽃
붉은 잎새 사이로

푸른 바다의
하이얀 이빨이 웃는다.

창 앞에 부서지는
물결 소리.

노랑나비가
하나 —

유리 화병을
맴돈다.

꽃잎처럼
불려간다.

영嶺

흰 구름에 싸여 십 리 길 높은 고개를 넘어서면 마을로 가는 작은 길가에 보리밭이 바람에 흔들린다. 내가 고개로 넘어오던 날은 마을에 삽살개 짖고 망아지 송아지 염소 모두 달아나고 멧새 비둘기도 날아가더니 사흘도 못 가 나는 잔디밭에서 그들과 벗을 한다. 내가 알던 동무 같이 자란 계집애는 돈 벌러 달아나고 먼 마을로 시집가고 마을의 어린애야 누구 아들인지 알 리 있나. 내가 떠날 때 망아지 송아지 염소가 서러웁다 하면 영嶺 넘어가기 어려우리만…… 내가 간 뒤에는 면서기가 새하얀 여름 모자를 쓰고 산 밑 주막에서 구장과 막걸리를 마실 게고 나는 서울 가는 기차 속에서 고향을 잃은 슬픔에 차창에 기대어 눈을 감을 것이니 이 영을 넘는 날 나에게는 낡은 트렁크와 흰 구름밖에는 아무도 따라오질 않으리라.

낙백落魄

1

기울은 빌딩에 걸려
보름달이 전등 노릇을 한다.

은빛 어둠 아래 낙백한 슬픔이
초콜릿보다도 향기로워라.

깊은 밤에 외로운 발자국 소리
산조 한 가락을 밟으며 간다.

2

고요한 촛불 아래
고달픈 영혼이 가물거린다.

끓어오르는 사모왈* 앞에
눈물도 잊어버린 어제 오늘.

* 사모바르(러시아 전래의 찻주전자).

민들레꽃

까닭 없이 마음 외로울 때는
노오란 민들레꽃 한 송이도
애처롭게 그리워지는데

아 얼마나 한 위로이랴
소리쳐 부를 수도 없는 이 아득한 거리에
그대 조용히 나를 찾아오느니

사랑한다는 말 이 한 마디는
내 이 세상 온전히 떠난 뒤에 남을 것

잊어버린다. 못 잊어 차라리 병이 되어도
아 얼마나 한 위로이랴
그대 맑은 눈을 들어 나를 보느니

포옹

포옹은 죽음의 신비와 같다.
아니 검푸른 심연의
그 암담한 빛깔과 같다.
아니 그 어두운 심연에서 솟아오르는
한밤의 태양과 같다.

포옹은 그윽한 전율
높이 운소雲霄에 뻗쳐오르는
서러운 학의 외줄기 울음

포옹은 하염없는 사랑의 카타르시스
영원한 결별의 순수지속

아 포옹은 고독의 가없는 몽환과 같다.
아니 죽음의 어두운
손길과 같다.
아니 초극할 길 없는 운명의
그림자와 같다.

기도

항상 나의 옆에 있는 그림자
그리고 전연 나의 옆에는 없는 그림자

무너져 가는 사람을 위하여
기도하여 주십시오

쓰러지려는 사람을 위하여
기도하여 주십시오

얼마나 많은 시간 속에
새겨진 모습입니까

찢어진 심장을 위하여
기도하여 주십시오

가난한 눈물로 하여
영 시들어버릴 수가 없는

이 서러움의 싹을 위하여
기도하여 주십시오

나를 위하여 기도하는
당신의 그 음성 속에

나를 살게 하여 주십시오

나를 잠들게 하여 주십시오.

운예 雲翳

머언 산에 흐르는 구름이 얇은 그리매를 드리웠다. 나 여윈 뺨에 한나절 어두운 그림자가 스쳐간다.

하늘을 우러르고 땅을 굽어봐도 부끄러운 일 아직은 내게 없는데 머언 산을 바라보면 구름 그리매를 보면 나 수정 같은 마음에 슬픈 안개가 어린다.

성북동 넘어가는 성벽 고갯길 우이동 연봉連峰은 말 없는 석산 오랜 풍설에 깎이었어도 보랏빛 하늘 있어 장엄하고나.

오늘도 바다를 건너 꽃바람은 불어온다. 넋 잃고 돌아선 나의 눈시울에 어쩌면 가버린 옛 보람을 다시 찾을 거냐.

산 너머 하늘에 꿈을 두고 까닭 없이 눈물짓는 소년의 슬픔조차 잃어버렸는데 아아 사랑과 미움에 병든 인생은 바람에 나부끼는 구름 그리매 바위에 스며드는 가벼울 듯 무거운 구름 그리매.

.

염원

아무리 깨어지고 부서진들 하나 모래알이야 되지 않겠습니까. 석탑을 어루만질 때 손끝에 묻는 그 가루같이 슬프게 보드라운 가루가 되어도 한이 없겠습니다.

촛불처럼 불길에 녹은 가슴이 굳어서 바위가 되던 날 우리는 그 차운 비바람에 떨어져 나온 분신이올시다. 우주의 한 알 모래 자꾸 작아져도 나는 끝내 그의 모습이올시다.

고향은 없습니다. 기다리는 임이 있습니다. 지극한 소망에 불이 붙어 이 몸이 영영 사라져 버리는 날이래도 임은 언제나 만나 뵈올 날이 있어야 하옵니다. 이렇게 거리에 버려져 있는 것도 임의 소식을 아는 이의 발밑에라도 밟히고 싶은 뜻이옵니다.

나는 자꾸 작아지옵니다. 커다란 바윗덩이가 꽃잎으로 바람에 날리는 날을 보십시오. 저 푸른 하늘가에 피어 있는 꽃잎들도 몇만 년을 닦아온 조약돌의 화신이올시다. 이렇게 내가 아무렇게나 버려져 있는 것도 스스로 움직이는 생명이 되고자 함이올시다.

출렁이는 파도 속에 감기는 바위 내 어머니 품에 안겨 내 태초의 모습을 환상하는 조개가 되겠습니다. 아―나는 조약돌 나는 꽃이팔 그리고 또 나는 꽃조개.

코스모스

코스모스는 그대로 한 떨기 우주 무슨 꿈으로 태어났는가 이 작은 태양계 한 줌 흙에—

차운 계절을 제 스스로의 피로써 애달프게 피어 있는 코스모스는 향방 없는 그리움으로 발돋움하고 다시 학처럼 슬픈 모가지를 빼고 있다. 붉은 심장을 뽑아 머리에 이고 가녀린 손길을 젓고 있다.

코스모스는 허망한 태양을 등지고 돌아앉는다. 서릿발 높아가는 긴 밤의 별빛을 우러러 눈뜬다. 카오스의 야릇한 무한질서 앞에 소녀처럼 옷깃을 적시기도 한다.

신은 사랑과 미움의 두 세계 안에 그 서로 원수 된 이념의 영토를 허락하였다. 닿을 길 없는 꿈의 상징으로 지구의 한 모퉁이에 피어난 코스모스—코스모스는 별바라기 꽃, 절망 속에 생탄하는 애련의 넋. 죽음 앞에 고요히 웃음 짓는 순교자. 아아 마침내 시간과 공간을 잊어버린 우주. 육체가 정신의 무게를 지탱하지 못하는 코스모스가 종잇장보다 얇은 바람결에 떨고 있다.

코스모스는 어느 태초의 '카오스'에서 비롯됨을 모른다. 다만 이미 태어난 자는 유한임을 알 뿐, 우주여 너 이미 생성된 자여! 유한을 알지 못하기에 무한을 알아 마지막 기도를 위해서 피어난 코스모스는 스스로 경건하다.

코스모스는 깊은 밤만이 아니라 대낮에도 이 태양계만이 아니라 다른 태양계에서도 밤낮을 가리지 않고 무수한 별이 떨어져 가는 것을 안다. 우주는 한갓 변화와 괴멸만으로도 무한지속하는 입명임을 안다. 풀벌레 목숨같이 흘러간 별이 어느 혼돈 속에서 다시 새로운 태양계를 이룩할 것을 믿지 않는다.

코스모스는 하염없는 꽃, 부질없는 사랑. 코스모스가 피어난 저녁에 별을 본다. 내가 코스모스처럼 피어 있을 어느 하늘을 찾아 억조 광년의 한없는 영^零을 헤어 본다. 코스모스는 이 하얀 종잇장 위에 한 줄의 시가 쓰이지 않음을 모른다.

코스모스는 흘러온 별. 우주는 한 송이 꽃. 고향이 없다 뜨거운 입맞춤이 있다. 그리움은 외로운 자를 숨 막힌 포옹에서 놓아주질 않는다. 뼈조차 자취 없이 한 방울 이슬로 녹을 때까지…….

코스모스가 이미 그리움에 야위어 간다. 서럽지 않다.

산 1

산도 산인 양하고
물은 절로 흐르는 것이

구름이 머흐란 골에
꽃잎도 덧쌓이메라

오맛 산새 소리
하늘 밖에 날고

진달래 꽃가지엔
바람이 돈다.

호수°

장독대 위로 흰 달 솟고
새빨간 봉선화 이우는 밤

작은 호수로 가는 길에
호이호이 휘파람 날려보다

머리칼 하얀 옷고름
바람이 가져가고

사슴이처럼 향긋한
그림자 따라

산 밑 주막에서
막걸리를 마신다

° 《동아일보》(1940. 5. 5.)에서는 제목이 '밤'이다.

유곡幽谷

꾀꼬리 새 목청 트이자
뒷 골에 쏟아지는
진달래 꽃사태

복사꽃 빗발이
자욱이 스쳐가고

이끼 낀 바위 위에
점점이 꽃잎은
내려앉았다.

흰 구름이 피어오르는
무르녹는 봄
고요한 산골로

파릇한 마파람
귓결에 감고

나도 모를
나의 마음이

차거운 물소리

밟으며 간다.

꽃새암

꽃필 무렵에
오는 추위

새촘하니 돌아선 모습이
소복素服한 여인 같다.

반쯤 연 꽃봉오리
안으로 다시 화장하고……

길일 고이 받아
햇살과 입 맞추리

꽃봉오리 수줍은 양이
시집가기 전 첫 색시라.

낙화 2

피었다 몰래 지는
고운 마음을

흰 무리 쓴 촛불이
홀로 아노니

꽃 지는 소리
하도 가늘어

귀 기울여 듣기에도
조심스러라

두견이도 한 목청
울고 지친 밤

나 혼자만 잠들기
못내 설워라

정야 靜夜 1

별빛 받으며
발자취 소리 죽이고
조심스리 쓸어 논 맑은 뜰에
소리 없이 떨어지는
은행잎
하나.

정야靜夜 2

한두 개 남았던 은행잎도 간밤에 다 떨리고
바람이 맑고 차기가 새하얀데

말 없는 밤 작은 망아지의 마판 꿀리는 소릴 들으며

산골 주막방 이미 불을 끈 지 오랜 방에서
달빛을 받으며 나는 앉았다 잠이 오질 않는다

풀벌레 소리도 끊어졌다

계림애창鷄林哀唱

임오년 이른 봄 내 불현듯 서라벌이 그리워 표연히 경주에 오니
복사꽃 대숲에 철 아닌 봄눈이 뿌리는 4월일네라.
보름 동안을 옛터에 두루 놀 제 계림에서 이 한 수를 얻으니
대개 마의태자의 혼으로 더불어 같은 운을 밟음이라,
조고상금弔古傷今의 하염없는 탄식일진저!

1

보리이랑 우거진 골 구르는 조각돌에
서라벌 즈믄해의 수정 하늘이 걸리었다.

무너진 석탑 위에 흰 구름이 걸리었다
새소리 바람 소리도 찬 돌에 감기었다.

잔 띄우던 굽이물에 떨어지는 복사꽃잎
옥적 소리 끊인 골에 흐느끼는 저 풀피리

비가 오나 눈이 오나 첨성대 위에 서서
하늘을 우러르는 나의 넋이여!

2

사람 가고 대臺는 비어 봄풀만 푸르른데
풀밭 속 주추조차 비바람에 스러졌다.

돌도 가는구나 구름과 같으온가
사람도 가는구나 풀잎과 같으온가.

저녁놀 곱게 타는 이 들녘에
끊겼다 이어지는 여울물 소리.

무성한 찔레숲에 피를 흘리며
울어라 울어라 새여 내 설움에 울어라 새여!

북관행北關行 1

안개비 시름없이 내리는 저녁답
기울은 울타리에 호박꽃이 떨어진다.

흙 향기 풍기는 방에 정가로운 호롱불 가물거리고
젊은 나그네 나는 강냉이 국수를 마신다.

두메산골이라 소 치는 아이 풀피리 소리
베 짜는 색시 고요히 웃는 양이 문틈으로 보인다.

북관행北關行 2[•]

강냉이 조밥에 감자를 먹으며
토방 마루에 삽살이와 함께 자고……

맑은 물 돌아가는 곳
푸른 산이 열리놋다.

영嶺 넘는 바윗길에 도라지꽃 홀로 피어
산길 칠십 리를 뻐꾸기가 우짖는다.

• '지훈시초'의 육필원고에서는 제목이 '북관길'이다.

송행送行 1

그대를 보내노니
푸른 산길에

자욱이 꽃잎이
흩날리노라

가고 가면 꽃비 속에
백일白日은 지리

날 두고 그대 홀로
떨치고 간 소매가

섧지 않으랴

밤길

"이 길로 가면은 주막이 있겠지요"

"나그네 가는 길에 주막이 없으리야
꽃같이 이쁜 색시 술도 판다오"

얼근히 막걸리에 취하신 영감님
수심가 한 가락을 길게 뽑으며
달구지 달달 산모루를 돌아간다
백양나무 가지 위에 별이 피는데……

"인생…… 한 번…… 죽어지면……
만수萬樹…… 장림長林에…… 운무雲霧로구나"
구슬프고 아픈 가락 고요한 밤에
달구지꾼 영감님의 수심가 소리 －

"여보 색시 나이는 몇 살이오"
술상 앞에 앉은 색시 두 손을 쥐어 본다.
"열아홉……"
새빨간 두 볼이 고개를 들고서

"임자는 어데까지 가시는 길입네까"
"서울로 가는뎁쇼 같이 갈까요"

목화송이 터지듯이 꿈길이 피어나서
이 색시 이 저녁에 서울길이 그리운 게지!

"어 졸려라 이 색시 하룻밤 같이 자구 갈까 부다"
"자는 일 누가 말려……"

내가 도로 색시처럼 부끄러웠다.

장명등長明燈 달아놓은 술집을 나오며
양산도陽山道 한 가락을 날리어 본다.

매화송 梅花頌

매화꽃 다 진 밤에
호젓이 달이 밝다.

구부러진 가지 하나
영창에 비춰나니

아리따운 사람을
멀리 보내고

빈 방에 내 홀로
눈을 감아라.

비단옷 감기듯이
사늘한 바람결에

떠도는 맑은 향기
암암한 옛 양자라

아리따운 사람이
다시 오는 듯

보내고 그리는 정도

싫지 않다 하여라.

별리

푸른 기와 이끼 낀 지붕 너머로
나직이 흰 구름은 피었다 지고
두리기둥 난간에 반만 숨은 색시의
초록 저고리 당홍 치맛자락에
말 없는 슬픔이 쌓여 오느니 —

십 리라 푸른 강물은 휘돌아 가는데
밟고 간 자취는 바람이 밀어 가고
방울 소리만 아련히
끊질 듯 끊질 듯 고운 메아리

발 돋우고 눈 들어 아득한 연봉連峰을 바라보나
이미 어진 선비의 그림자는 없어……
자주 고름에 소리 없이 맺히는 이슬방울

이제 임이 가시고 가을이 오면
원앙침 비인 자리를 무엇으로 가리울꼬

꾀꼬리 노래하던 실버들 가지
꺾어서 채찍 삼고 가옵신 님아……

선線

아름다이 휘어져 넘는 선은
사랑에 주우린 영혼의 향기

원한과 기원과 희구와…… 조촐한 마음이
그 선으로 흘러 흘러

푸른 자기磁器 아득한 살결에서
슬픔의 역사를 읽어 본다.

불러진 노래 만들어진 물건이
가느다란 선으로 이루어진 것

안으로 안으로 들어가는 신비한 나라에
맑고 곱게 빼어난 선은
아픈 마음의 눈물이 아니냐

터지는 울음을 도로 삼키고
고요히 웃는 듯 고운 선
사랑에 주우린 영혼이 피어 나온다.

고조古調*

파르롭은 구름무닐 고이 받들어
네 벽에 소리 없이 고요가 숨 쉰다

밖에는 푸른 하늘 용트림 위에 이슬이 내리고
둥글다 기울어진 반야월半夜月 아래 설움은 꽃이어라

당홍 악복에 검은 사모 옷깃 바로 잡아
소리 이루기 전 눈 먼저 스르르 내려 감느니

바람 잠잔 뒤 바닷속같이 조촐한 마음
아으 흘러간 태평성세!

가락 떼는 손 소릴 따라 황홀히 춤추고
끊어질 듯 이어지고 잇기는 듯 다시 끊어져
흐느끼는 갈대청 대금 소리야 서러워라

청상의 정원情怨보다 아픈 가락에 피리는 울고
이십오 현 금슬이 화和하는 소리
퉁겨지는 줄 위에서 원앙새야 울어라

호박종琥珀鍾 술잔에 찰찰이 담아든 노란 국화주
아으 흘러간 태평성세!

건곤이 불로不老 월장재月長在하더니
꽃피던 영화 북망으로 가고

빈 터에 잡초만 우거진 것을
밤새가 와서 울어 옌다

무희 흩어진 뒤 무너진 전각 뒤에
하이얀 나비는 날아라
난 이는 모두 죽는 것을

달 진 뒤 천심에 별이 늘고 어제도 오늘도 다 한 가지
아으 흘러간 태평성세!

• 《문장》(1940. 5.)에서는 제목이 '제월지곡霽月之曲'이다.

대금大笒

어디서 오는가
그 맑은 소리

처음도 없고
끝도 없는데

샘물이 꽃잎에
어리우듯이

촛불이 바람에
흔들리누나

영원은 귀로 들고
찰나는 눈앞에 진다

운소雲霄에 문득
기러기 울음

사랑도 없고
회한도 없는데

무시無始에서 비롯하여

허무에로 스러지는

울리어 오라
이 슬픈 소리

후기

영혼의 기갈이란 것이 있다면 시는 바로 그것을 충족시키기 위한 어쩔 수 없는 작위의 소산이다. 시인에게는 정신의 파괴된 균형을 복구하는 방도가 시를 쓴다는 그 어쩔 수 없는 '제작의 진실' 이외에는 달리 없기 때문이다. 그러므로 시인에게는 시를 제작한다는 사실이 전부요, 제작된 시란 이미 다시 그 시인을 충족시켜 줄 아무런 힘도 없는 것이다. 이 말은 곧 시 쓰는 고통 그 자체가 시의 최대 열락이라는 말이다. 그대로 남겨 두기에는 너무 초라하여 차라리 분뇨와 같이 꺼림직하고 아주 버리기에는 좀 서운하여 못난 자식에 대한 애착과도 같은 환멸―이것이 바로 시인으로 하여금 제가 쓴 시를 제 손으로 다시 만지지 못하게 하는 까닭이 되는 것이다. 시에 대한 이러한 견해 때문에 나는 나 개인의 단독시집 내는 것을 회피하여 왔다. 아니 회피했다기보다는 시집에 대해서 그다지 성의를 가지지 않았다고 하는 것이 더 적절할 것이다.

이번에 시우들의 권고로 졸拙한 시들을 자선自選하면서 느낀 것은 쓰는 대로 시집을 내어버리지 않은 것이 나를 난경에 빠뜨렸다는 생각이었다. 이십 년 세월을 시를 써 오는 동안에 나의 작품세계는 그 변이가 매우 심해서 도저히 한 권의 시집 속에는 같이 앉힐 수 없는 것이 있었기 때문이었다. 쓰는 대로 시집을 내어서 자기 정리를 감행했던들 이런 부질없는 고충은 사지 않았을 것이기에 말이다. 이미 써 놓은 시는 좋든 나쁘든 내 것이 아닌 것을 내가 괜히 시를 너무 두려워한 것이 아니던가.

지금까지 내가 쓴 작품은 150편을 헤아리게 되었다. 그 중에 20편 정도는 잃어버려서 찾을 길이 없었으나, 그 나머지는 대개 모을 수가 있었던바 그것들을 비슷한 것끼리 따로 골라 여섯 가지로 나눌 수가 있었다.

한번 자리 잡은 시심詩心은 용이하게 변혁되는 것은 아니어서 그 여섯 가지 작품세계는 절로 일관되는 바탕이 있기는 하다. 이것이 남들이 보기에는 나의 시가 그다지 변하지 않은 듯한 느낌을 주는 소이연所以然이 되지만, 작자 자신에게는 작품의 소재와 구성의 각도의 현격은 그대로 시생활 변환의 증좌가 되기 때문에 그 작품들 상호 간의 동떨어진 거리가 한결 심하게 느껴지는 것이다. 이러한 여섯 가지 작품세계는 물론 어느 것이나 다 그 싹을 나 자신 안에 지니고 있지만, 그것들을 단락지우지 않았기 때문에 나의 작품세계는 이 여섯 가지가 혼선을 일으키면서 지속되어 왔다는 말이다.

이와 같은 나의 시의 사정은 시선詩選이란 이름을 감당할 수가 없었다. 왜 그러냐 하면 여섯 권의 시집을 다 낸 뒤가 아니면 시선이란 이름 아래 모을 작품이 따로 없을 뿐 아니라 상당한 수의 미발표, 미수록 작품을 처리하기가 곤란했기 때문이다. 적어도 세 권의 시집이 아니면 그 전 작품을 한 권에 싣는 것이 이 난점을 해소하는 방법이 되겠으나, 이는 오늘의 우리 현실에서는 불가능한 욕심이었다. 궁여의 일책으로 다섯 권 몫의 시집에서 한 자리에 앉힐 수 있는 70편을 뽑아서 색책한 것이 이 시집이다. 이로써 나의 제6시집 "기려초羈旅抄"* 전편을 제외한 나머지 다섯 권에서 각기 15편 내외가 이 시선에 수록된 셈이다.

《청록집》에 수록된 나의 시는 세 권 몫에서 12편을 뽑은 것이요, 《현대시집 3》소수所收의 졸시편拙詩篇은 네 권 몫의 시집에서 27편, 《풀잎단장》은 다섯 권 몫에서 35편을 뽑은 시선인바, 그 대부분의 작품은 여러 번 중복되었고 수시로 소수小數 작품의 출입이 있었을 따름이다. 이 시선도 대부분은 여러 선집에 들었던 것 속에서 38편과 전연 들지 않았던 것 중에서 32편을 뽑아서 모은 것이다.

이 시집에 수록된 작품들은 연대순으로 놓여져 있지 않다. 같은 계열의 작품을 한데 모아 5부에 나누고 그 다섯 부류가 이 시집 안에서 자연히 변이되는 하나의 모습을 만들기 위하여 그 차서次序를 새로 배정한 까닭이다. 그러므로 내 시를 읽어 주는 이에게 참고가 될까 하여 '작품연표'를 따로 붙였거니와 나의 시의 순차적 변천에 대하여서도 조금 언급해 두는 것이 나의 예의일 것 같다.

내가 처음 시를 쓰기 시작할 때, 이를테면 습작시대의 바탕을 이루었던 작품세계와 그에 혈맥이 닿는 작품들을 제1부로 모았다. "지옥기"의 시편이 그것이다. 동인지《백지》에 참가했던 무렵을 전후해서부터 지금까지 간헐적으로나마 지속되어 온 작품세계이니 나의 암울과 회의, 화사華奢와 감각은 이때부터 시작된 모양이다.

* '기려초'는 지훈이 시집을 출판하기 위하여 모아 묶은 원고의 가제이다.

내가 처음 발을 붙였던 시 세계는 〈고풍의상〉, 〈승무〉를 쓰면서부터 일변하였다. 이 시기는 《문장》지의 추천을 받을 무렵이니 내자신의 시를 정립하기 위한 발판은 이때에 이루어졌던 것이다. 제5부 "고풍의상"의 시편들이 그것이다. 사라져 가는 것에 대한 아쉬움의 애수, 민족정서에 대한 애착이 나를 이 세계로 끌어넣었던 줄로 안다.

그다음이 곧 내가 오대산 월정사로 들어간 시기이다. 주로 소품의 서경시敍景詩, 선미禪味와 관조에 뜻을 두어 슬프지 않은 몇 편을 이때에 얻었으니 제3부 "달밤"에 수록한 것이 그것이다.

그다음이 절간에서 돌아와 조선어학회에 있을 무렵의 시 또는 경주 순례를 비롯하여 낙향 중의 방랑시편을 수록한 것이니 제4부의 "산우집"이 그것이다. 한만한 동양적 정서 이것은 그 시절의 나의 향수였다.

고향으로 돌아가 해방을 맞는 동안에 쓰기 시작한 작품세계를 제2부 "풀잎단장"에 거두었다. 해방 후 사회적 혼란이 다소 가라앉은 후 다시 쓴 시편들 중에 이 계열에 속하는 것이 가장 많은 편이다. 자연과 인생, 사랑과 미움에 대한 고요한 서정이 그 중심이 되어 있었다.

대개 이와 같은 순서로 나의 작품세계는 옮겨왔지만 작품연표에 보이는 바와 같이 전체적으로는 이러한 여러 계열이 뒤섞여서 씌어졌음을 알 수 있으며 그러한 여러 작품계열의 바탕은 이미 해방 전에 마련된 것들임을 알 수 있다. 이러고 보면 나의 시는 별로 변한 것이 없다고도 할 수 있을 것이다.

여기 수록되지 않은 제6부의 "기려초"는 해방 직전직후와 동란

직전직후의 그 어두운 현실 속에서 고민의 도정을 노래한 것들로 생각한 바 있어 여기서는 아주 편외에 두기로 하였다.

끝으로 이 시선을 위하여 어지러운 초고를 자진해서 읽어 주었을 뿐 아니라 지기로서의 충고를 베풀어 준 외우畏友 서정주 형의 노고를 감사하며 우리의 오랜 우의를 다시 깨닫거니와 이렇게 하잘것없는 시를 모으게 된 것이라든지 또 이렇게 긴 후기까지 쓰게 된 것은 모두 최영해 형의 따뜻한 권고에 좇음임을 아울러 밝혀서 나의 감사를 삼는 한편, 나로 하여금 속루俗累의 기롱譏弄 하나를 더 마련하게 한 친구들의 호의를 웃으면서 붓을 놓는다.

병신丙申 유하榴夏
성북의 침우당枕雨堂에서
저자著者 지지志之

먼 훗날 그 때까지 남오실 때까지

말없이 웃으며 사오리다

부지럼수 목숨 진흙터에 던저

남오시는 길녘에 피고저라

놓기신 님의 모습 비오량이면

이내 시듣다 불으녀야 …

《역사 앞에서》(신구문화사, 1959) 차례

암혈의 노래

눈 오는 날에 | 꽃그늘에서 | 기다림 | 암혈의 노래 | 도라지꽃 |
바램의 노래 | 동물원의 오후 | 비혈기

역사 앞에서

산상의 노래 | 비가 나린다 | 그들은 왔다 | 그대 형관을 쓰라 |
십자가의 노래 | 역사 앞에서 | 불타는 밤거리 | 빛을 찾아 가는 길 |
마음의 태양 | 흙을 만지며 | 첫 기도

전진초 戰塵抄

절망의 일기 | 맹세 | 이기고 돌아오라 | 전선의 서 |
풍류병영 | 청마우거 유감 | 다부원에서 | 도리원에서 |
여기 괴뢰군 전사가 쓰러져 있다 | 죽령전투 | 서울에 돌아와서 |
봉일천 주막에서 | 너는 지금 삼팔선을 넘고 있다 | 연백촌가 |
패강무정 | 벽시 | 종로에서

검서루소영 劍西樓嘯詠

언덕길에서 | 핏빛 연륜 | 천지호응 | 이날에 나를 울리는 |
빛을 부르는 새여 | 새 아침에 | 우리 무엇을 믿고 살아야 하는가 |
어둠 속에서 | 잠언

추모의 노래

사육신 추모가 | 선열 추모가 | 석오·동암 선생 추도가 |
인촌 선생 조가 | 해공 선생 조가

서문

여기 수록하는 46편의 시는 주로 내가 겪은바 시대와 사회에 대한 절실한 감회를 솟는 그대로 읊은 소박한 시편이다. 그중 5, 6편을 제외하고는 모두 다 나의 기간旣刊 시집 또는 어느 선집에도 수록하지 않은 것들이니 전연 미발표의 것도 십여 편 포함되어 있다.

발표할 수 없었던 탓으로, 발표할 시기를 놓쳤기 때문에, 혹은 좀 더 손을 보기 위해서 발표를 미루어 온 것을 한데 모으다 보니 따로 한 권의 시집이 엮고 싶어져서 이렇게 그것들끼리만을 일부러 한자리에 앉혀 보았다. 시집 이름을 '역사 앞에서'라고 붙이는 것은 그것이 여기 수록된 시제의 하나일 뿐 아니라 이 시집 전체가 하나의 역사의 흐름으로 일관된 것이기 때문이다.

내 시가 걸어온 바탕으로서 또는 내 정신이 지나간 노정으로서의 회상을 위하여 나는 이들 시편을 초고대로 싣게 하고 다시 손을 대지 않았다. 이것은 우리들 슬픈 세대의 공동한 배경―우리 시가 두 번 다시 이런 슬픈 역사 앞에 서지 않게 되기를 비는 마음 간절하다.

1959년 기해己亥 입동 날

저자著者 지지志之

눈 오는 날에*

검정 수목 두루마기에
흰 동정 달아 입고
창에 기대면

박넌출 상기 남은
기울은 울타리 위로 장독대 위로
새하얀 눈이
내려 쌓인다
홀로 지니던 값진 보람과
빛나는 자랑을 모조리 불사르고
소슬한 바람 속에
낙엽처럼 무념히 썩어 가며는

이 허망한 시공 위에
내 외로운 영혼 가까이
꽃다발처럼 꽃다발처럼
하이얀 눈발이
내려 쌓인다

마음 이리 고요한 날은
아련히 들려오는
서라벌 천년의 풀피리 소리

비애로 하여 내 혼이 야위기에는
절망이란 오히려
내리는 눈처럼 포근하고나

•   '지훈시초'의 육필원고에서는 제목이 '눈'이다.《조지훈 전집》(1996)에는 제목이
    '눈'인 이본이 함께 수록되었다.

꽃그늘에서

눈물은 속으로 숨고
웃음 겉으로 피라

우거진 꽃송이 아래
조촐히 구르는 산골 물소리……

바람 소리 꾀꼬리 소리
어지러이 덧덮인 꽃잎새 꽃나무

꽃다움 아래로
말없이 흐르는 물

아하 그것은
내 마음의 가장 큰 설움이러라

하잔한 두어 줄 글 이것이
어찌타 내 청춘의 모두가 되노.

기다림

고운 임 먼 곳에 계시기
내 마음 애련하오나

먼 곳에나마 그리운 이 있어
내 마음 밝아라.

설운 세상에 눈물 많음을
어이 자랑삼으리

먼 훗날 그때까지 임 오실 때까지
말없이 웃으며 사오리다.

부질없는 목숨 진흙에 던져
임 오시는 길녘에 피고 져라

높거신 임의 모습 뵈올 양이면
이내 시든다 설울 리야……

어두운 밤하늘에
고운 별아.

바람의 노래

궂은 비 내리는 밤은 깊어서
내 이제 물결 속에 외로이 부닥치는 바위와 같다.

두터운 벽에 귀 대이면
그래도 강물은 흐르는 것이고
거센 물결 위에 저 멀리
푸른 하늘이 보이는 것을—

바람에 목마른 젊은 혼은 주검도 향기롭게 그려보노니
사랑하라 세월이여
쓸쓸한 마을의 황토 기슭에
복사꽃은 언제나 피고 웃는가.

캄캄한 어둠 속에 창을 열고
누구에게 불리운 듯 홀로 나서면

거칠은 바람 속에 꺼지지 않는 등불
아 작은 호롱불이

어둠 속에 오는가
나를 찾아오는가.

동물원의 오후

마음 후줄근히 시름에 젖는 날은
동물원으로 간다.

사람으로 더불어 말할 수 없는 슬픔을
짐승에게라도 하소해야지.

난 너를 구경 오진 않았다
뺨을 부비며 울고 싶은 마음.
혼자서 숨어 앉아 시를 써도
읽어 줄 사람이 있어야지

쇠창살 앞을 걸어가며
정성스리 써서 모은 시집을 읽는다.

철책 안에 갇힌 것은 나였다
문득 돌아다보면
사방에서 창살 틈으로
이방의 짐승들이 들여다본다.

"여기 나라 없는 시인이 있다"고
속삭이는 소리……

무인無人한 동물원의 오후 전도된 위치에
통곡과도 같은 낙조가 물들고 있었다.

비혈기鼻血記

아아峨峨한 산맥이 보름달을 소화한 뒤 검은 베일 뒤에 귀뚜리 울음만이 떨고 있다. 램프는 폐를 앓는 것이고 찌그러진 책상에는 키르케고르가 밤 내 흐느껴 우는 것이다. 이런 슬픈 무대에서 나는 화주 몇 잔에 정조를 팔고 불쌍한 배우가 되어 있다. 속악한 흥행사 이십 세기는 램프와 함께 나를 절명하라지만 나는 죽지 않는다 죽을 수가 없다. 내가 나를 반역하는 길은 아무리 짓밟혀도 살아 있다는 존재 그것뿐 ─ 침을 뱉어라 침을 뱉을 이가 누구냐. 돌을 던져라 돌을 던질 사람이 하나도 없다는 것이 서러웁구나. 신이여! 항상 저희를 살려 두시고 괴롭히시는 당신의 비극정신을 저희는 존중하옵니다. 죽어서 비웃음받을 슬픔보다는 살아서 울 수도 없는 회한을 주십시오. 눈물을 잊어버린 사나이에게 어쩌자구 한잔 술을 권하는 사람들만 이리도 많은가 꼭 같은 한恨이 있어 같이 울자구 이 술잔 이 동정을 내게 주는가. 술을 마시고 피를 뽑아 주마. 더운 피를 아낌없이 너를 위해 뽑아 주마. 어둔 밤에 어둔 밤에 소상강瀟湘江 물소리처럼 흐르는 코피 손수건도 걸레쪽도 빛이 변했다. 그리운 옛날의 어느 마을 앞 굽이치는 강물에 복사꽃 지는 철이 이러했었다. 임리淋漓한 핏방울에 옷을 적시고 슬픈 일이 없어서 웃어본다. 이러한 밤에 내가 부르고 싶은 단 하나의 이름이여 ─ 당신이 노나주신 피를 저는 이렇게 헐값으로 흘리고 있습니다.

산상山上의 노래

높으디높은 산마루
낡은 고목古木에 못 박힌 듯 기대어
내 홀로 긴 밤을
무엇을 간구하며 울어 왔는가.

아아 이 아침
시들은 핏줄의 굽이굽이로
사늘한 가슴의 한복판까지
은은히 울려오는 종소리.

이제 눈 감아도 오히려
꽃다운 하늘이거니
내 영혼의 촛불로
어둠 속에 나래 떨던 샛별아 숨으라

환히 트이는 이마 위
떠오르는 햇살은
시월상달의 꿈과 같고나.

메마른 입술에 피가 돌아
오래 잊었던 피리의
가락을 더듬노니

새들 즐거이 구름 끝에 노래 부르고
사슴과 토끼는
한 포기 향기로운 싸릿순을 사양하라

여기 높으디높은 산마루
맑은 바람 속에 옷자락을 날리며
내 홀로 서서
무엇을 기다리며 노래하는가.

비가 내린다

비가 내린다
목마른 땅 위에
오뇌하는 생령의 가슴 위에
촉촉이 젖어 들도록 비가 내린다

거룩한 제단 위 타오르는 횃불 아래
피로 물들인 잔을 들어
값진 희생으로 사라진 이와
팍팍한 황토 위에 엎드려 울던 사람들……

아아 백성의 마음은 하늘이니라 내리는 비는
얼마나 달고 아름다운가
사슴과 비둘기 포기포기 푸나무도
조용히 목을 축이자

우리 다 함께 바라거니
어린 무리를 이끌어
이 귀한 물을 홀로 탐하는 이 누군가.

우리 다 함께 바라거니
지나간 날의 공을 자랑하여
이 맑은 샘을 흐리는 이 있는가.

이리와 배암도 회오悔悟의 잔을 들어
마지막 목을 축이라
병든 겨레의 피를 빨던 입술에

아아 백성의 마음은 하늘이어니
이 샘은 얼마나 달고도 두려운 것인가.

비가 내린다
물소리 예런듯 새론 하늘이 트이고
풀 향기 솟치는 언덕 위에
칠색 무지개를 놓으려
여기 포근히 비가 내린다.

그들은 왔다

아득한 옛날 먼 서쪽에서 길 떠나
해 돋는 아침의 나라, 그들 마음의 고장을 찾아서
동방으로 동방으로 물결쳐 내려오는
한 떼의 흰옷 입은 무리가 있었다.

세월은 고난의 길 그들 만년의 요람을 버리고
새로운 꿈은 새로운 땅에서 이룩하려
어둠을 멸하는 새벽을 불러일으킬 수탉의 넋을 가슴마다 지닌 채
몇만 리 앞길에 향방을 그르치지 않는
무궁한 성좌星座를 우러르며 그들은 왔다.

거룩한 보람에 소용돌이치는 심장의 고동을
이 가슴에서 저 가슴에로 울려 나가는 종소리로 들으며
한 줄기 광명 앞에 무릎 꿇어 기도하는 마음으로 그들은
눈물과 노래로 영혼을 달래며
피비린 세기의 밤길을 가는 나그네 —

때로 어둠을 틈타 몰려오는
사나운 도적서리에 무찔리어
그들의 순한 피 흰 옷자락에 반반斑斑히 아롱졌나니
별빛 아래 눈물로 간 돌칼 돌창도
오로지 불의를 막기 위한 것

꽃보담 더 붉은 피 사악 앞에 뿌리고
오만한 무리의 가슴에
화살을 겨누며 그들은 왔다.

꿈을 찾는 가슴일래 목숨은 새털보다 오히려 가볍고
처음이요 마지막인 피의 계시는
의를 위한 죽음 속에 깃들어 있어……
불의의 원수의 독한 이빨에 온 족속이 무찔리기로
무슴다 잊을 리야 그 맑은 꿈의 빛나는 아침을 비는 마음이
가고픈 나라를 찾지 못하고 비바람에 낡아가는 흰 뼈가 된들
거룩한 보람에 회한은 없노라
가슴 깊이 새기며 그들은 왔다.

암흑의 원수 앞에 맨발 벗고 달릴 때
피맺힌 손길이 창과 활을 잡았으나
마음 가난하고 착한 백성 함께 춤추기 위하여
품속 깊이 피리 한 쌍 지니기를 잊지 않은 그들은
실상 싸움보다 평화를
칼보다는 피리를 사랑하는 백성이었다.

아 눈보다 흰 옷 옷보다 더 흰 마음이
순하디순한 양떼처럼 풀밭에 머리 모아

먼 하늘에 흐르는 별빛을 손짓하고
굽이치는 강물에 귀 기울이느니
언제사 언제사 그들 가슴에
환히 트이는 새론 하늘과
아름다운 산천의 눈부신 태양이 솟아오려나.

그대 형관을 쓰라
미의 사제가 부르는 노래

그대 칠보七寶의 관을 벗고
삼가 형극荊棘의 관을 머리에 이라.

그대 아름다운 상아의 탑에서 나와
메마른 황토 언덕 거칠은 이 땅을 밟으라.

노래하는 새, 꽃이팔 하나 없는 이 길 위에
그대 거룩한 원광圓光으로 빛 부시게 하라.

눈물 이슬 되어 풀잎에 맺히고
양심의 태양 하늘에 빛내고저

그대 너그러운 덕이여
소란한 세상에 내리라.

날 오라 부르는 그대 음성
언제나 귓가에 사무치건만

아직도 내 스스로
그대 앞에 돌아가지 못함은

사악의 얽힘 속에 괴롬의 쓴잔을 들고

불의에 굽히지 않는 그대의 법도를 받음이니

그대 약한 자의 벗,
맨발 벗고 이 가시밭길을 밟으라
여기 황야에 나를 이끌어
목 놓아 울게 하라.

이 세상 더러움
오로다 나로 하여 있는 듯
오늘 신음하는 무리 앞에
진실로 죄로움을

제 눈물로 적시어 씻게 하느니
오오 시여 빛이여 힘이여!

십자가의 노래
Ecce Homo*

눈물 머금은 듯 내려앉은 잿빛 하늘에
오늘따라 소슬한 바람이 이는데
오랜 괴로움에 아픈 가슴을 누르고
말없이 걸어가는 이 사람을 보라.

뜨겁고 아름다운 눈물이 흩어지는 곳마다
향기로운 꽃나무 새싹이 움트고
멀리 푸른 바다가 솨 하고 울어 오건만
만백성의 괴로움을 홀로 짊어지고
죄 없이 십자가에 오르는
이 사람을 보라.

조종弔鐘은 잠자고
침묵의 공간에 거미는 줄을 치는데
머리에 피 맺힌 형관을 이고
풀어진 사슬 앞 새로 세운 십자가에
못 박히는 수난자 이 사람을 보라.

칼과 망치를 들고 온 무리에게 나를 팔고자
내 뜨거운 가슴에 입 맞추던 유다여
스스로의 뉘우침에 목을 매고 울어라
마음에는 원이로되 육신이 약하도다

닭 울기 전 세 번이나 배반한 베드로여
내려뜨린 검은 머리 창백한 뺨에
불타는 듯 비쳐 오는
이 골고다의 저녁노을을 보라.

이미 정해진 운명 앞에 내가 섰노라
겹겹이 싸여 오는 원수 속에서
이제 다시 죽음도 새로울 리 없노니
망멸亡滅할진저 망멸할진저 십자가를 세운 자는 망멸할진저
내 부활하는 날 온몸의 못 자국을 너는 보리라.

언제나 비취는 저 맑은 빛과
어디서나 피는 꽃 내 보람이여!
죽지 않으리 죽지 않으리
천 번을 못 박아도 죽지 않으리.

이 절망 같은 언덕에 들려오는 것
바위를 물어뜯고 왈칵 넘치는
해일이여 마지막 물결 소리여!

아아 이 사람을 보라
죄 없이 십자가에 오른 나를 보라.

이는 동방의 아들 평화의 왕
눈물과 양심 속에 촛불을 켜고
나를 부르라 다시 오리니
하늘이여 열리라 이 사람을 보라.

— 미소공위 美蘇共委에**

<hr />

* '이 사람을 보라!' 〈요한복음〉 19:5.
** 이 시는 해방 후 미소공동위원회와 신탁통치를 둘러싼 정치적 혼란에 대한 비통한
   심정을 예수의 수난에 빗대어 표현한 것으로 보인다.

역사 앞에서

만신滿身에 피를 입어 높은 언덕에
내 홀로 무슨 노래를 부른다
언제나 찬란히 틔어 올 새로운 하늘을 위해
패자敗者의 영광이여 내게 있으라.

나조차 뜻 모를 나의 노래를
허공에 못 박힌 듯 서서 부른다.
오기 전 기다리고 온 뒤에도 기다릴
영원한 나의 보람이여

묘막한 우주에 고요히 울려가는 설움이 되라.

불타는 밤거리*

태초의 하늘에서 얻은 불길에
여기 낡은 지혜의 저자가 탄다

허물어져 가는 성벽 위로
오늘도 헛되이 백일白日은 기울어

바람에 쓸리는 구름 속에는
무수한 별빛이 부서진다

쫓겨난 생령의 울부짖음마저
이제는 고요히 잠들었는데

여기 들리느니 푸른 기왓장과
붉은 벽돌 조각이 터지는 소리.

어두운 성문을 쪼개고
흩어진 사람들은 날이 새이면

또다시 이웃 마을의
낡은 재목을 싣고 오리라

몇 번이나 지나간 겁화 속에도

오히려 타고 남은 병든 역사가 있어

서러울수록 고요한 이 길을

아득히 아득히 먼 곳에서
잔잔히 흘러오는 강물소리……

• 《동아일보》(1946. 8. 27.), 《사상계》(1965. 8.)에서는 제목이 '불타는 밤거리에'이다.

빛을 찾아 가는 길

사슴이랑 이리 함께 산길을 가며
바위틈에 어리우는 물을 마시면

살아 있는 즐거움의 저 언덕에서
아련히 풀피리도 들려오누나.

해바라기 닮아가는 내 눈동자는
자운紫雲 피어나는 청동의 향로

동해 동녘 바다에 해 떠오는 아침에
북받치는 설움을 하소하리라.

돌부리 가시밭에 다친 발길이
아물어 꽃잎에 스치는 날은

푸나무에 열리는 과일을 따며
춤과 노래도 가꾸어 보자

빛을 찾아 가는 길의 나의 노래는
슬픈 구름 걷어 가는 바람이 되라.

마음의 태양

꽃다이 타오르는 햇살을 향하여
고요히 돌아가는 해바라기처럼
높고 아름다운 하늘을 받들어
그 속에 맑은 넋을 살게 하라.

가시밭길을 넘어 그윽이 웃는 한 송이 꽃은
눈물의 이슬을 받아 핀다 하노니
깊고 거룩한 세상을 우러르기에
삼가 육신의 괴로움도 달게 받으라.

괴로움에 짐짓 웃을 양이면
슬픔도 오히려 아름다운 것이
고난을 사랑하는 이에게만이
마음 나라의 원광圓光은 떠오르노라.

푸른 하늘로 푸른 하늘로
항시 날아오르는 노고지리같이
맑고 아름다운 하늘을 받들어
그 속에 높은 넋을 살게 하라.

첫 기도

이 장벽을 무너뜨려 주십시오 하늘이여
그리운 이의 모습 그리운 사람의 손길을 막고 있는
이 저주받은 장벽을 무너뜨려 주십시오.

무참히 스러진 선의의 인간들
그들의 푸른 한숨 속에 이끼가 앉아 있는 장벽을
당신의 손으로 하루아침에 허물어 주십시오.

다만 하나이고저 — 둘이 될 수 없는 국토를
아픈 배 비벼 주시는 약손같이 그렇게 자애롭게
쓸어 주십시오.

이 가슴에서 저 가슴에로 종소리처럼 울려나가는
우리 원願이 올해사 —
모조리 터져 불붙고, 재가 되어도 이 장벽을 열어 주십시오

빛을 주십시오. 황소처럼 터지는 울음을 주십시오. 하늘이여 —

절망의 일기

6월 25일
성북동 산골짜기
방문을 열어 놓고
세상모르고 떨어진 잠을
깨우는 이 있어 눈을 떠 보니
목월木月이 문득 창 밖에 섰다.

"거리에는 호외가 돌고 야단이 났는데
낮잠이 다 무엇이냐"고.
괴뢰군 남침 —

초연히 담배에 불을 단다.
언젠가 한 번은 있고야 말 날이
기어이 오늘에 오고 말았구나.

가슴에서 싸늘한 것이 내려앉는다
구름처럼 흘러가던 마음이 고개를 든다.
흡사 슬픔과도 같은 것이 스쳐간다
— 아무렇지가 않다.

6월 26일
오후 두 시

고려대학교 3층에서 시론을 얘기한다.

의정부 방면의 총성이 들려온다
교정의 스피커에서 전황보도가 뜬다.

청춘에는 우원汪遠한 언어가 차라리 마이동풍
허나 시는 진실로 이런 때 서는 것을……

"불안과 존재의 의미를
너 오늘에야 알리라"

수런대는 가슴들이 눈을 감는다
오늘 흩어지면 우리는 다시
이승에선 못 만난다는 슬픈 가능성

이 가열한 마당에 다시 고쳐 앉아
인정의 약함에 눈물지음은
또 얼마나 값진 힘이랴.

도어를 밀고 나온다.
시가 전운 속으로 숨는다.

*

산머리를 몽몽한 포연이 덮는다.
황혼에 목남木南이 찾아왔다.

서울 후퇴는 불가피라고 –
우리는 어쩔 것이냐.

어쩔 것이 아니라 이미 어쩔 수 없는 길
마음이 왜 이리 갈앉는단 말가

그 마음을 목남이 안다고 한다
찾아온 것이 실상 그 마음이라고.

삶과 죽음의 공포에
누가 흔들리지 않는다 하랴마는

"더럽게 살지 말자
더럽게 죽어서는 안 된다."

이 지조를 배우는 자승자박이여
내 오늘 그 힘을 입어 죽음 앞에 나설 수 있음이여

아 작은 시간의 여유 있음을
오직 감사하라.

6월 27일
새벽에 온 가족이 결별하다.
죽지 않으면 다시 만나게 되리라고……

때 아닌 새 옷을 갈아입고 좋아하던
어린것의 얼굴이 자꾸만 눈에 밟힌다.

"죽음을 너무 가벼이 스스로 택하진 말라" 하시던
아 아버지 말씀.

이른 아침에 동리東里를 찾다
목남이 그리로 오마고 했다.

주인이 아침쌀을 구해 가지고 돌아왔다
그의 가족과 함께 흰죽을 나눈다

비상국민선전대 마이크 앞에
미당未堂이 섰다.

"시민 여러분 우리는
어떻게 살았으면 좋겠습니까"

이 아무렇지도 않은 한마디에
눈물이 쏟아진다.

이고 지고 떠나가는 저 백성이
누가 이 말을 듣는다 하랴.

시인의 말은 항상
저를 채찍질할 뿐.

문예빌딩 지하실에 거적을 깔고
최후의 농성을 하기로 했다.

이미 자신을 율律하고 나면 개죽음도 또한 입명立命
그래도 혼자서 죽기가 싫다 너무 외롭다.

국방부 정훈국에서
의정부 탈환의 축배를 든다.

새파란 전투복을 갈아입은

김현수金賢洙 대령!

이 술을 다 마시고 취해서 죽는다 하니
떠나기를 재촉하는 벗의 손길이 눈물겨웁다.

"국민 앞에 사과하고 세계에 호소한 다음
방송국을 파괴하는 것이 하나 남은 책무"라고

껴안고 얘기하는 Colonel 김 —
안다 안다 이 마당에 무슨 거짓이 있느냐.

진실한 사람에게는 거짓말도 참말이다
그대 마음을 내가 안다.

문예빌딩 지하실에
오마고 한 벗들이 하나도 없다. 밤은 열한 시 —

술에 취한 미당과 목월과 목남과 나와
부슬비 내리는 밤거리로 나선다.

원효로 종점 아는 집에 누워
마지막 방송을 들으며 눈을 감는다.

"조국이여! 겨레여! 아아 산하여!"
목메어 굽이치는 시 낭독 소리

사람은 가고 목소리만 남아서 돈다.
목소리만 있어도 안심이다 외롭지 않다.

무슨 천벌과도 같이 벽력이 친다
우리의 갈 길은 영영 끊어지고 만 것을…….

한강 언덕 여기가 서울 최후의 보루 그 지점에서
귓구멍을 틀어막고 잠이 든다.
소리 없이 느껴 우는 소리가 들린다.

6월 28일
어디로 가야 하나 배수背水의 거리에서
문득 이마에 땀이 흐른다.

아침밥이 모래 같다
국물을 마셔도 냉수를 마셔도
밥알은 영 넘어가질 않는다.

마음이 이렇게도
육체를 규정하는 힘이 있는가

마포에서 인도교 다시 서빙고 광나루로
몰려나온 사람은 몇십만이냐.

붉은 깃발과 붉은 노래와 탱크와
그대로 사면초가 이 속에 앉아

넋 없이 피우는 담배도 떨어졌는데
나룻배는 다섯 척 바랄 수도 없다.

아 나의 가족과 벗들도 이 속에 있으련만
어디로 가야 하나 배수의 거리에서

마침내 숨어 앉은 절벽에서
한 척의 배를 향해 뛰어내린다.

헤엄도 칠 줄 모르는
이 절대의 투신!

비 오던 날은 개고 하늘이 너무 밝아 차라리 처참한데

한강의 저 언덕에서 절망이 떠오른다.

아 죽음의 한 순간 연기延期 ―

맹세*

만년을 싸늘한 바위를 안고도
뜨거운 가슴을 어찌하리야

어둠에 창백한 꽃송이마다
깨물어 피 터진 입을 맞추어

마지막 한 방울 피마저 불어넣고
해 돋는 아침에 죽어 가리야

사랑하는 것 사랑하는 모든 것 다 잃고라도
흰 뼈가 되는 먼 훗날까지
그 뼈가 부활하여 다시 죽을 날까지

거룩한 일월日月의 눈부신 모습
임의 손길 앞에 나는 울어라

마음 가난하거니 임을 위해서
내 무슨 자랑과 선물을 지니랴

의로운 사람들이 피 흘린 곳에
솟아오른 대나무로 만든 피리뿐

흐느끼는 이 피리의 아픈 가락이
구천九天에 사무침을 임은 듣는가.

미워하는 것 미워하는 모든 것 다 잊고라도
붉은 마음이 숯이 되는 날까지
그 숯이 되살아 다시 재 될 때까지

못 잊힐 모습을 어이하리야
거룩한 이름 부르며 나는 울어라.

• 《동아일보》(1947. 3. 1.)에서는 제목이 '뜨거운 가슴을'이다.

이기고 돌아오라
일선사병들에게

반찬이라곤 손가락만 한 짠 무쪽이 두 개
아니면 숟가락총으로 두세 번 찍어 바른 고추장만으로
늬들은 그 험한 주먹밥을 단 꿀같이 먹더구나
사랑하는 아우들아 그것이 대체 몇 끼니만에 먹는 밥이더란 말이냐.
억수로 퍼부어 내리는 빗발 속에
사흘 밤 사흘 낮을 굶고서 싸우자니
겨냥한 총대가 절로 아래로 숙여지더라지
졸음이 오면 살을 꼬집고 배가 고프면 이를 물지만
몰려오는 탱크 떼 앞에 딱총 같은 M1 총만으로는
불타는 가슴을 터뜨리기에는
솟아나는 눈물 때문에
두 눈이 모두 다 부어올랐다지.

내 사랑하는 아우들아
진실로 조국을 구원하고 자유를 수호하는 힘과 영예는 늬들에게
만 있다고 믿어라.
무엇 때문에 늬들은 굶으며 쓰러지면서도
앞으로 앞으로 나가며 싸워야 하는 것이냐
나라에서 주는 돈으로는
떨어진 신발 대신 새 신발 한 켤레만 사면 그만이라고
늬들은 아무 도움도 바라지 않고
하늘이 늬들에게 준 모든 것을 스스로 바쳐

오직 조국의 영광만을 염원하더구나
늬가 지켜야 할 모든 것을 끝내 저버리지 않더구나.
우리는 안다 늬들의 훈공을 올바로 갚을 자는
조국의 통일과 정의의 승리만이 능히 할 수 있다는 것을
아 그 밖의 아무런 상품으로도 갚을 수가 없다는 것을……

내 사랑하는 아우들아 이 나라 호국의 함성들아
우리는 이긴다 일찍이 불의와 사악이 망하지 않는 역사를 본 적이
있느냐
늬들 뒤에는 혈육을 같이 나눈 우리들이 있고
이상을 함께하는 만방의 깃발이 뭉치어 있다.
우리는 믿는다 초조히 기다리는 백성들 앞에
"기뻐하라 승리는 우리의 손에"라는
이 한마디를 선물로 지니고
달려올 늬들의 모습을 기다린다.
이기고 돌아오라 이기고 돌아오라
우리들 가슴을 벌리고 기다린다
하늘이 보내시는 너 구국의 천사들을.

전선의 서書

생명이란 진실로 내 지낸 날 생각하던 것처럼 그렇게 가벼운 것이 아니었노라.

총알이 옆구리를 꿰뚫어도 총알이 가슴에 박혀도 불타는 생명의 곳집 그 오묘한 세포 속 구석구석이 자리한 영혼을 샅샅이 명중하기 전에는 오직 적진으로 적진으로 달리는 부르짖음이 있을 뿐

아 죽음을 홍모鴻毛에다 비긴 자에게만이 생명은 이렇게도 악착한 것이었노라.

포탄의 태풍이 마을을 걷어가 버린 뒤 사람 그림자 하나 없고 개 닭 소리조차 그친 마을에

오곡이 제대로 익어 제대로 썩을지라도 비바람을 무릅쓰고 산골 짝에서 호곡하며 풀잎으로 목숨을 잇는 백성들

하늘이 계시하신 그 의로운 눈물 때문에 짐승과 같이 방황하여 오히려 욕되지 않는 것

이 악착한 생명을 깨닫는 자만이
죽음이란 진실로 삶을 위하여 존재함을 알리라.

풍류병영 風流兵營
종군문인 합숙소에서

보초도 서지 않은 우리들의 병영은
낡은 판자 울타리에 석류나무가 한 그루 서 있는 오막살이다.

생명이 절박할수록
우리는 더욱 멋스러워지는 병정

진땀이 흐르는 삼복더위에
웃통을 벗어부치고 둘러앉아 장기를 두고
포탄이 떨어지는 밤에도
사과로 담근 김치를 안주해서 막걸리를 마신다.

허나 명령만 내리면 언제나
무장을 갖추고 대기한다 ― 펜과 종이
우리는 순식간에 책상 장기판 툇마루 들마루를 모조리 점령하고
만다.
"작전상 필요한 고지를 확보하라"

여기가 우리들의 싸움터 적의 가슴을 명중하는 지탄紙彈을 만발하
는 곳이다
서울에 남기고 온 가족과 벗들이 그리워 소리 없는 울음을 울며
"머지않아 우리들 서울에 갈 것입니다"라는 편지를 쓰는 곳도 여
기다.

총칼 없는 병정인 우리들 가슴에는
하이얀 청산가리가 마련되었는데
올 적에 새파랗던 석류 열매는
어느새 다 익어서 아귀가 벌었나.

종군문인 합숙소 뒤뜰 푸른 하늘에
자폭한 심장 석류가 하나.

청마우거靑馬寓居 유감有感

경인동란庚寅動亂에 통영이 적군에 점령되자
청마는 부산 복병산 아래에 우거해 있더니라.
삼면이 포위된 대구에 같이 있다가 발병한 미당未堂이
여기 와서 정양하고 있었으니 때는 9·28 직전이라
내 잠시 여기를 찾아와 셋이 함께 몇 날을 보냈더니라.

찌그러진 등의자에 앉아
바다를 바라보노라면

가을은 어느덧 등 뒤에 와서
어깨 위에 두 손을 얹는다.

바둑이가 밟고 오는 잎새 소리에
문득 그리운 사람의 이름을 부르는 것은

낙엽이 뿌리로 돌아가듯이
내가 잠시 죽음 앞에 눈을 뜨고 있기 때문

감나무 잎아
네 인정 있거든 더디 붉어라

청령장蜻蛉莊 지붕 위엔
비행기만 어지럽다.

다부원에서

한 달 농성 끝에 나와 보는 다부원은
얇은 가을 구름이 산마루에 뿌려져 있다

피아彼我 공방攻防의 포화가
한 달을 내리 울부짖던 곳

아아 다부원은 이렇게도
대구에서 가까운 자리에 있었고나

조그만 마을 하나를
자유의 국토 안에 살리기 위해서는

한해살이 푸나무도 온전히
제 목숨을 다 마치지 못했거니

사람들아 묻지를 말아라
이 황폐한 풍경이
무엇 때문의 희생인가를……

고개 들어 하늘에 외치던 그 자세대로
머리만 남아 있는 군마의 시체

스스로의 뉘우침에 흐느껴 우는 듯
길 옆에 쓰러진 괴뢰군 전사

일찍이 한 하늘 아래 목숨 받아
움직이던 생령들이 이제

싸늘한 가을바람에 오히려
간고등어 냄새로 썩고 있는 다부원

진실로 운명의 말미암음이 없고
그것을 또한 믿을 수가 없다면
이 가련한 주검에 무슨 안식이 있느냐

살아서 다시 보는 다부원은
죽은 자도 산 자도 다 함께
안주安住의 집이 없고 바람만 분다.

도리원에서

그렇게 안타깝던 전쟁도
지나고 보면 일진一陣의 풍우보다 가볍다.

불타버린 초가집과
주저앉은 오막살이 ―

이 붕괴와 회신灰燼의 마을을
내 오늘 초연히 지나가노니

하늘이 은혜하여 와전瓦全을 이룬 자는
오직 낡은 장독이 있을 뿐

아 나의 목숨도 이렇게 질그릇처럼
오늘에 남아 있음을 다시금 깨우쳐 준다.

흩어진 마을 사람들 하나둘 돌아와
빈터에 서서 먼 산을 보는데

하늘이사 푸르기도 하다.
도리원 가을볕에

애처로운 코스모스가

피어서 춥다.

여기 괴뢰군 전사가 쓰러져 있다

의성에서 안동으로 죽령으로
바람처럼 몰아가는 추격전의 한때를

내 트럭에서 뛰어내려 목을 축이고
조찰히 피어난 들국화를 만지노라니

길가 푸섶에 백묵으로 써서 꽂은
나무 조박이 하나 — .

"여기 괴뢰군 전사가 쓰러져 있다"

그 옆에 아직
실낱같은 목숨이 붙어 있는 소년의 시체

검붉은 피에 절인 그의 사지는 썩었고
반만 뜬 눈망울은 이미 풀어져 말을 잊었다

아프고 목마름에 너 여기를 기어와
물꼬에 머리를 박고 마냥 물을 마셨음이려니

같은 조국의 산하
네 고장의 흙냄새가 바로 이러하리라.

아 이는 원수이거나
한 핏줄 겨레가 아니거나 다만 그대로
살아 있는 인간의 존엄한 애정!

누가 다시 이 영혼에
총칼을 더할 것이냐.

사랑하는 사람을 두고 가듯이
어쩔 수 없는 안타까움이
아직도 남아 있음이여!

저 맑고 푸른 가을 하늘 아래
가열한 싸움의 한때를

서럽고 따뜻한 마음으로 새긴
나무 조박이 하나

"여기 괴뢰군 전사가 쓰러져 있다"

죽령전투

"병화불입지지兵火不入之地" 옛 노인의 신앙이 회신灰燼하였다. 풍기는 십승十勝의 땅, 잿더미 된 장터에 해가 지는데……. 죽령은 구곡양장 천험天險의 고개 위에 밤이 오는데 패주하는 적군을 몰아 우리가 간다.

사람이 피로써 하마 짙은 단풍잎, 검은 돌바위에 이끼도 핏빛으로 물이 들었다. 불비에 녹아내린 탱크. 강아지만치 타 오그라진 시체. 아 터져 나온 뇌장에는 벌써 왕개미 떼가 엉켜 붙었다.

이 마당에 주검을 두려워함은 사치가 아니라 차라리 만용, 어두운 밤하늘에 포문은 쉬지 않고 불을 뿜는데…… 구곡양장 죽령은 천험의 고개, 불을 죽인 트럭으로 조용히 기어간다.

찬란한 별빛으로 마음이사 밝아도 소름끼치는 벼랑길 아! 단양은 아직 멀다.

서울에 돌아와서

망우리를 돌아들면
아 그리운 서울!

예서 죽기로 했던 이 몸이 다시 살아
돌아오는 서울은 구십 일 전장

죽지 않고 살았구나 모르던 사람들도
살아 줘서 새삼 고마운데

손을 흔들며 목이 메어 불러주는
만세 소리에 고개를 숙인다 눈시울이 더워진다.

나의 조국은 나의 양심.
내사 충성도 공훈도 하나 없이 돌아왔다.

버리고 떠나갔던 성북동 옛집에
피란 갔던 가족이 돌아와 풀을 뽑는다.

밤길을 걸어서 아이를 데리고
울며 갔다는 먼 산중 절간

아내는 아는 집에 맡겨 논 보퉁이를

찾으러 가고 없고

도토리 따먹느라 옻이 올라 진물이 나는
세 살배기 어린것을 안고 뺨을 비빈다.

"가재 잡아 구워 먹는 맛이 참 좋더라"는 말
아 여섯 살짜리 큰놈이 들어온다.

애비를 잘못 둔 탓
찢어져 죽었다면 어쩔 것이냐.

밤마다 죄지은 듯 아프던 가슴
근심은 실상 그것밖에 없었더니라.

아 나의 어버이도
이렇게 나를 사랑했으리라.

아버지가 안 계시다
죽을까 염려하시던 자식은 살아 왔는데

원수가 돌려준 아버지 세간
안경과 면도만이 돌아와 있다.

어머니는 아직
짓밟힌 고향에서 소식이 없다.

서른을 넘어서 비로소 깨달은
내 육친에의 사랑이 아랑곳없음이여.

아내를 만나지 않고 집을 나선다
백의종군 내 몸이 인정 탓으로
신의를 저버림 어찌하느냐.

서울신문사 편집실에서
석천昔泉 선생이 손을 잡고 운다
"영랑永郎이 죽었다"고.
아 그 우는 얼굴

옛날의 명동 거리를 찾아간다
숨었다가 겨우 산 옛 벗을 만난다
껴안을 수가 없다
말조차 없던 그 대면

저무는 거리에서 트럭을 타고

우이동 CP를 찾아간다.

가족의 생사를 아직 모르는 목월木月을 보내고
내가 혼자 이 밤을 거기서 자리라.

사단장 R 준장이 웃으며 맞아준다
"오늘 저녁에는 안 오실 줄 알았는데
죽다가 산 사람들끼리 하소연이 많을 텐데……"

무기도 하나 없이 암호를 외우며
어두운 밤길을 혼자서 걸어온다.

돈암리 길가에서 주워 업은 전쟁고아는
이름을 물어도 나이를 물어도 대답이 없다.

봉일천 주막에서

평양을 찾아간다. 임을 찾아서. 임이사 못 뵈와도 소식이나 들을
까 하고…….

비행기는커녕 군용 트럭 하나도 봐주는 이 없는데 여비를 준다는
'북한파견문화반' 그 명단에도 내 이름은 없다.

맨주먹으로 나서도 평양은 내가 먼저 가고 말리라. 따라나선 동행
은 운삼雲三이와 재춘在春이 녹번綠磻이 고개 넘어 몇 리를 왔노 여기
는 파주 땅 봉일천리. 주막집 툇마루에 앉아 술을 마신다.

군가도 소리 높이 몰려가는 트럭 위엔 가득 탄 젊은이와 아낙네
들의 사투리가 웃고 있다. 고향 가는 기쁨에……. 나를 위해 세워 주
는 트럭은 하나도 없고

걸어서 파주 땅에 오늘 밤을 자야 하나 평양을 가야 한다 봉일천
주막에 해가 지는데…….

너는 지금 삼팔선을 넘고 있다

군용 트럭 한구석에 누워
많은 별빛을 쳐다보다 잠이 든다.

오늘 밤을 해주에서 쉬면
내일 어스름엔 평양엘 닿는다.

갑자기 산을 찢는
모진 총소리

산모루 돌아가는 이 지점에서
부슬비가 내린다.

잔비殘匪를 경계하는 위혁사격
이 차에는 실상 M1 한 자루가 있을 뿐.

젊은 중위는
고향집에 가는 것이 즐겁단다.

문득 헤드라이트에 비취는 큰 글씨 있어
'너는 지금 삼팔선을 넘고 있다'고.

사랑하는 사람들이 마주 서서 우는

삼팔선 위에 비가 내리는데

옮겨간 마음의 장벽을 향하여
옛날의 삼팔선을 내가 이제 넘는다.

연백촌가 延白村家

수숫대 늘어선 밭둑길로 몰아넣은 트럭은 배추밭 머리를 돌아 울타리 뒷길을 돌아 어느 초가집 마당에 멈춘다.

젊은 중위가 뛰어내려 어머니를 부르니 뜻 아닌 목소리에 가족이 몰려나와 서로 껴안고 울음 반 웃음 반 어쩔 줄을 모른다.

알고 보니 이 중위는 사 년 전에 달아난 이 고장 젊은이 때 묻은 융의를 입고 와도 금의환향이 아니냐.

한잠 든 닭을 잡아 모가지를 비틀고 둘러앉아 한 그릇씩 국수잔치가 푸지다. 내 뜻 아니한 이 촌가에 와 그 즐거움을 함께하노니 반가운 손이 되어 아랫목에 앉아 웃는 인연이여

흐린 하늘에서 달빛이 다시 나온다 평양 가는 트럭에 뛰어오르니 밤은 삼경! 사랑하는 자식을 하룻밤이나마 못 재워 보내서 안타까운 그 어머니를 생각한다.

아 우리나라 어머니는 모두 이렇게 속눈썹에 이슬이 마를 사이 없이 여위어 간다. 남의 고향에를 먼저 왔길래 어머니가 벌써 나를 찾아와 계시다 어디나 계시는 어머니 모습!

패강무정 浿江無情

평양을 찾아와도 평양성엔 사람이 없다.

대동강 언덕길에는 왕닷새 베치마 적삼에 소식장총蘇式長銃을 메고
잡혀오는 여자 빨치산이 하나.

스탈린 거리 잎 지는 가로수 밑에 앉아 외로운 나그네처럼 갈 곳
이 없다.

십 년 전 옛날 평원선 철로 닦을 무렵 내 원산에서 길 떠나 양덕
순천을 거쳐 걸어서 평양에 왔더니라.

주머니에 남은 돈은 단돈 십이 전, 냉면 쟁반 한 그릇 못 먹고 쓸
쓸히 웃으며 떠났더니라.

돈 없이는 다시 안 오리라던 그 평양을 오늘에 또 내가 왔다 평양
을 내 왜 왔노.

대동문 다락에 올라 흐르는 물을 본다 패강무정 십 년 뒤 오늘!
아 가는 자 이 같고나 서울 최후의 날이 이 같았음이여!

벽시 壁詩

좀 더 뜨거운 가슴을 다오 하늘이여
좀 더 억센 손길을 쥐어 다오 세월이여
그대의 이름으로 소생한 땅 위에
그대의 뜻이기에 악마가 오는데

아아 삼한사온도 잊어버린 채
한 곬으로 얼어붙은 외줄기 계절풍 속에
묻어오는 날라리 녹슨 청룡도가 뭐란 말이냐.

좀 더 너그러이 살아보자 겨레여
좀 더 웃으며 껴안아보자 벗들이여

내일모레면 동지가 온다
어둡고 긴 밤이 짧아지는데 움트는 봄철을 왜 울 것이냐
아아 철수가 바뀌는 것을 막을 자 없다
공산주의 운명 뒤에 굽이치는 민주주의 혈맥을 보라

종로에서

다시 서울을 떠나며

첩첩이 문을 닫아걸고
사람들은 모두 다 떠나 버렸다

이룩하기도 전에 흔들리는 사직社稷을 근심하고
조국의 이 간난한 운명을 슬퍼하여

사람들은 저마다 신념의 보따리를 짊어진 채
아득한 천애의 어느 일각으로 표표히 사라졌는데

차운 서천에 노을이 물드는 종로 네거리
종루는 불이 타고 종은 남아 있는데

몸을 던져서 종을 울려 보나
울지 않는 종 나의 심장만이 터질 듯 아프다

십 리 둘레의 은은한 포성 때문에
안타깝게 고요한 이 거리에는

황소처럼 목 놓아 우는 사나이도 없고
영하 십칠 도의 추위에 입술이 타오른다

불의의 그늘에선 숨도 쉬기 싫어서

차라리 일체를 포기하고 발가숭이가 되고저

사람들은 모두 다 떠나 버렸다
첩첩이 문을 닫아건 종로의 적요

아아 이제 나마저 떠나고 나면
여기 오랑캐의 노래가 들려오리라

허나 꽃 피는 봄이 오면
서울은 다시 우리의 서울

내 여기 검은 흙 속에
가난한 노래를 묻고 간다.

언덕길에서*

　용의 비늘을 지녔으나 소나무는 이 얇은 흙 위에 뿌리를 서려 둔 채 드디어 오늘에 늙고 말았다.

　송충이 기는 그 수척한 가지에는 한 점 그늘을 던질 잎새조차 없고 이따금 흰 구름이 여기 걸리어 태양을 가리울 뿐

　태초 이래로 지심地心에 용솟음치던 불길에 밀리어 퉁겨져 나온 바위가 하나 그 옆에 낡은 세월을 지키고 있노니

　이는 사나운 의욕의 화석 원죄의 형벌을 참고 견디어 애초의 그 자리 그대로 앉아 풍우상설風雨霜雪에 낡아간다.

　내 오늘 어지러운 세월 흔들거리는 인생을 가누려고 저 호호浩浩한 하늘 아래 이 몸을 바래우고 돌아가는 길 인사人事의 어지러움에 차라리 병든 노송을 슬퍼하여 침묵에 입 다문 바위를 내 가슴 치듯 두드려 본다.

　바위는 끝내 울지 않는다. 어인 나비 한 마리 이 열리지 않는 돌문에 엎드려 이끼처럼 피고 있는 것 ― 아 이 간절한 기도를 위해서 육신이 짐짓 은화隱花의 식물을 닮을 것을 생각한다.

　이는 호접이 아니라 한 마리 아蛾로다. 내 그의 고달픈 꿈을 깨

우지 않고 서실로 돌아가노니

　어찌 견디랴 오늘 밤 내 베갯머리에 하루의 목숨이 다한 부유의
무리가 숨 가쁘게 맴돌다 죽어가는 모습을―.

•　《문예》(1953. 2.)에서는 제목이 '언덕길에'이다.

핏빛 연륜*

한 치의 국토를 지키기 위하여
한 사람의 목숨이 사라진다

한 마디의 언약을 지키기 위해서
수많은 나라의 꽃다운 핏줄이 스며 내린다

그 피가 스며든 메마른 황토
나의 조국이여

그 흙에 뿌리박았으매 그 피를 마시리니
초목인들 어찌 이 환난의 역사를
두고두고 얘기하지 않으리오

연륜은 오직 핏빛으로만 감기리라
이는 뜻 없는 세월의 크나큰 맹세로다

아 내 어머니 나라를
버리고 살 수가 없을 양이면

어찌 이 몸을 자기自棄하여
백일白日 아래 헛되이 스러지게 하리오

세상에 산 보람 더없이 크기에
너그럽고 따뜻한 금도襟度를 지니리라

천지호응 天地呼應
삼일절의 시

하고 싶은 말을 못 하면
가슴에 멍이 든다.

쌓이고 쌓인 분憤이
입을 두고 어디로 가랴

산에 올라 땅을 파서
하고 싶은 말을 흙에다 묻고

들에 나가 하늘을 우러러
하고 싶은 말을 바람에 부치다.

그 원한 그 통분에
가슴 치던 아하 십 년을

온 겨레 한마음으로 터진 목청
"대한 독립 만세",
하고 싶은 말 하늘이 들었으매
강산에 비바람 울고

하고 싶은 말 땅이 아는지라
초목도 함께 일어섰더니라

그립고 아쉬운 소망
입 아니면 또 어쩌랴

하고 싶은 말 아직도 많아
이날이라 더욱 가슴 아프다.

이날에 나를 울리는

아무 일 없어도 십 년이면
강산조차 변한다는데

만고풍우萬古風雨에 시달린 가슴이라
십 년이 오히려 백 년 같다.

강산은 변해도 옛 모습 그대로
헐벗은 채 수려한 저 산용山容이여!

변한 것은 오직 사람뿐이다
십 년 전 오늘의 그 마음 어디로

옷깃을 바로잡고 눈 감아 보노니
몹쓸 인정에 병든 조국아

터지는 환희는 아쉬운 추억
갈수록 새로운 이 비원悲願을 어쩌랴.

못 믿을 사람과 못 믿을 하늘
더없는 사랑은 울다가 홀로 간다.

아 8월 15일 이날에 나를 울리는

모국이여 산하여 못 잊을 인정이여.

빛을 부르는 새여

정유송丁酉頌

빛을 부르는 새여
새벽을 맡아 다스리는 새여
사람 사는 마을을 못 잊어
마침내 저 머언 푸른 하늘을 버리고
땅 위에 사는 새여

아득한 원시의 옛날
일식의 변괴에 떠는 백성을 위해
제단 앞에서 맑은 목청으로
울음 울던 새여

─캄캄한 광야의 그 사나운 짐승소리에서 듣는 네 울음은 신명의
손길같이 백성 가슴을 새로운 보람에 뛰게 하였더니라.

백귀야행百鬼夜行의 소름 끼치는 공포를 몰아내는
신비한 주력呪力을 가진 네 울음이여
다가오는 공도公道를
생명으로 예견하는 시인의 노래여
모가지를 비틀리어 붉은 피를 뚝욱 뚝 흘리면서 죽어갈지라도 배
신할 수 없는 이 지조의 절규여
깊은 밤에 혼자 깨어 하늘을 향해 외치는 불타는 목청이여

―닭이 운다 새로운 하늘이 열린다고 새해 첫닭이 운다. 어둠 속에서 빛을 거느리고, 빛이여 오라 계림팔도鷄林八道에 첫닭이 운다.

새 아침에

모든 것이 뒤바뀌어 질서를 잃을지라도
성신의 운행만은 변하지 않는 법도를 지니나니
또 삼백예순날이 다 가고 사람 사는 땅 위에
새해 새 아침이 열려오누나.

처음도 없고 끝도 없는
이 영겁의 둘레를
뉘라서 짐짓 한 토막 잘라
새해 첫날이라 이름 지었던가.

뜻 두고 이루지 못하는 한은
태초 이래로 있었나 보다
다시 한 번 의욕을 불태워
스스로를 채찍질하라고
그 불퇴전不退轉의 결의를 위하여
새 아침은 오는가.

낡은 것과 새것을 의와 불의를
삶과 죽음을 —
그것만을 생각하다가 또 삼백예순날은 가리라
굽이치는 산맥 위에 보랏빛 하늘이 열리듯이
출렁이는 파도 위에

이글이글 태양이 솟듯이
그렇게 열리라 또 그렇게 솟으라
꿈이여!

우리 무엇을 믿고 살아야 하는가

그것을 말해 다오 1959년이여

우리 무엇을 믿고 살아왔는가 동포여!
정말 우리 무엇을 바라고 살아왔는가 서러운 형제들이여!

서른여섯 해 동안의 그 숨막히는 굴욕을 피눈물로 씻어서 되찾은
이 땅 위에
갈등과 상잔과 유리와 간난이 연거푸 덮쳐 와도
입술을 깨물고 허리띠를 졸라매며 우리 말없이 살아온 것은 참으
로 무엇을 기다림이었던가
그것을 말해 다오 그것만을 말해 다오 하늘이여!

우리의 단 하나의 보람 단 하나의 자랑 단 하나의 숨줄마저 무참
히도 끊어진 오늘
겨레여 우리는 무엇을 믿고 살아야 하는가, 정말로 우리들은 무엇
을 기다리고 살아야 하는가, 원통한 원통한 백성들이여!

자유세계의 보루에 자유가 무너질 때 철의 장막을 무찌를 값진
무기가 같은 전선의 배신자의 손길에 꺾이었을 때,
아 자유를 위해서 피 흘린 온 세계의 지성들이여!
우리는 무엇에 기대어 싸워야 하는가. 무엇을 가지고 살아야 하
는가
그것만을 말해 다오 그것을 가르쳐 다오 자유의 인민들이여!

공산주의와 싸우기 위하여 공산주의를 닮아가는 무지가 불법을 자행하는 곳에

민주주의를 세운다면서 민주주의의 목을 조르는 폭력이 정의를 역설하는 곳에

버림받은 지성이여 짓밟힌 인권이여 너는 정말 무엇을 신념하고 살아가려느냐.

무엇으로써 너의 그 아무것과도 바꿀 수 없는 긍지를 지키려느냐

그것을 말해 다오 그것만을 말해 다오 하늘이여!

백성을 배신한 독재의 주구 앞에 연약한 민주주의의 충견은 교살되었다.

온 나라의 마을마다 들창마다 새어나오는 소리 없는 울음소리.

사랑하는 동포여 서러운 형제들이여 목을 놓아 울어라. 땅을 치며 울어라. 네 가슴에 응어리진 원통한 넋두리도 이제는 다시 풀 길이 없다.

찢어진 신문과 부서진 스피커 뒤로 난무하는 총칼, 이 백귀야행百鬼夜行의 어둠을 어쩌려느냐.

정말로 정말로 잔인한 세월이여!

새 아침 옷깃을 가다듬고 죽음을 생각한다.

육친의 죽음보다 더 슬픈 이 민주주의의 조종弔鐘이여!

진주를 모독하는 돼지, 그 돼지보다도 더 더럽게 구복口腹에만 매

여서 살아야 할
　이 삼백예순날을 울어라 삼만육천날을 울기만 할 것인가.
　원통한 백성들이여!

　우리 무엇을 바라고 살아야 하는가 짓밟힌 자유여!
　정말 우리 무엇을 믿고 살아야 하는가 불행한 불행한 신념이여!

어둠 속에서

어두운 세상에
부질없는 이름이
반딧불같이 반짝이는 게 싫다.

불을 켜야 한다.
내가 숨어서 살기 위해서라도
불은 켜져야 한다.

찬란한 빛 속에
자취도 없이 사라질 수는 없느냐.
아니면 빛이 묻은 칼로라도 나를 짓이겨 다오.

불을 켜도 도무지 밝지를 않다.
안개가 자욱한 탓인지…….
화톳불을 놓아도 횃불을 들어도
먼 곳에서는 한 점 호롱불이다.

저마다 가슴이 터져 목숨을 태우고 있건만
종소리처럼 울려갈 수 없는 빛이 서럽구나.

닭이 울면 새벽이 온다는데
무슨 놈의 닭은

초저녁부터 울어도 밤은 길기만 하고―

천지가 무너질 듯 소름끼치는
백귀야행百鬼夜行의 어둠의 거리를
개도 짖지 않는다.

명백한 일이 하나도 없으면
땅이 도는 게 아니라 하늘이 도는 게지.
죽어버리고 싶은 마음을 달래어
죽기 싫은 마음이 미칠 것 같다.

어둠을 따라 행길로 나선다.
어둠을 가리키는 손가락이
찢어진 풀벌레같이 떨고 있다.

가냘픈 손가락을 권총처럼 심장에 겨누고
가난한 피를 조금씩 흘리면서 나는 가야 한다.
내가 나의 빛이 되어서…….

잠언

너희 그 착하디착한 마음을 짓밟는
불의한 권력에 저항하라.

사슴을 가리켜 말이라 하는 세상에
그것을 그런 양하려는
너희 그 더러운 마음을 고발하라.

보리를 콩이라고 짐짓 눈감으려는
너희 그 거짓 초연한 마음을 침 뱉으라.
모난 돌이 정을 맞는다고?
둥근 돌은 굴러서 떨어지느니 —

병든 세월에 포용되지 말고
너희 양심을 끝까지
소인의 칼날 앞에 겨누라.

먼저 너 자신의 더러운 마음에 저항하라
사특한 마음을 고발하라.

그리고 통곡하라.

사육신 추모가

비碑 제막식에

의를 위해서는
목숨도 홍모鴻毛 같다
숨어 살 마련이사
고사리도 많을 것을.

임 위한 일편단심
당근쇠로 꿰뚫어라
뻗쳐오른 핏줄기에
강산이 물들었네.

　　죽어서 사는 뜻을 임들로써 배우리라
　　열혈이라 추상같은 사육신 그 이름아!

차운 돌 한 조각이
임 뜻에 욕되어도
못 잊어 그리운 맘
표적삼아 세웁네다.

약하고 더러운 꾀
땀 흘리고 돌아서라
비바람에 낡아가도
만고萬古에 빛이 되네.

죽어서 사는 뜻을 임들로써 배우리라
열혈이라 추상같은 사육신 그 이름아!

선열 추모가

이 겨레 모두 다 잠자는 밤에
홀로 일어나 횃불을 들고
가시밭 헤치며 뿌리신 핏방울
그 뜨거운 가슴에 새싹이 트네

영원한 사랑은 눈물로부터
그립다 그 모습 그 음성이여!

온 백성 깨어나 외치는 날에
모두 다 오시려나 조국 품으로
자랑 않는 공로와 말 없는 기쁨
이 빛나는 하늘에 새 꽃이 피네

거룩한 정신은 사랑으로부터
그립다 그 마음 그 손길이여!

석오·동암 선생* 추도가

기다리는 임이 있어
참고 사온 욕된 세월
변치 않는 그 절개가
돌인 듯 굳어져도
뜨거운 눈물만이
뼛속으로 스몄네.

아! 비바람에 깎이우며
푸른 이끼 앉아도
한 조각 붉은 마음
식을 줄이 없어라.

그리우는 세상 있어
바라보신 동녘 하늘
무궁화 피는 나라
꿈엘망정 못 잊어도
이역異域 찬 자리에
슬피 눈을 감았네.

아! 해바라기 꽃 모양
돌며 찾던 조국에
자랑 않는 그 정성이

돌아와서 묻혀라.

* 석오 이동녕(石吾 李東寧, 1869~1940), 동암 차리석(東岩 車利錫, 1881~1945)
  은 독립운동가로, 중국 땅에서 순국하였다. 1948년 9월 김구 선생의 주도로 두 분
  의 유해를 고국으로 모셔와 효창원에 안장하였다.

인촌 선생* 조가

임의 뜻 한평생은
겨레 위한 일편단성—片丹誠
외사랑 긴긴 밤을
잠 못 이뤄 하시더니
감으려 못 감은 눈
오늘 어이 감으신가
가신 뒤에야 깨닫는 한
이 설움을 살피소서.

  어진 마음 따슨 손길 길이 두고 못 잊어라
  온 겨레 마음의 별 인촌 선생 그 이름이여

임의 뜻 남은 자취
일마다 태산 반석
숨은 공功 긴긴 세월
온 심혈을 말리더니
감추려 못 감출 덕
갈수록 새로워라
나라 위한 참된 정성
임을 뫼셔 배우리다

  어진 마음 따슨 손길 길이 두고 못 잊어라

온 겨레 마음의 별 인촌 선생 그 이름이여!

- 인촌 김성수(仁村 金性洙, 1891~1955).

해공 선생 * 조가

큰 별이 떨어졌다
강산아 통곡해라
회천回天은 못 이뤄도
민심은 다 돌린 것을
한강가 사자 외침
팔도를 흔들었네
가슴속 품은 뜻을
못다 펴시고 임이 가다니

　　일대 경륜이야 길이 두고 울리리라
　　온 겨레 마음의 선구 해공 선생 그 이름아!

풍운은 끝이 났다
임이여 잠드소서
백발이 날리도록
단심은 다 바친 것을
진회秦淮에 뿌린 눈물
파촉길을 적시었네
온 겨레 환호 소리
터지는 때에 임이 가다니

　　일대 경륜이야 길이 두고 울리리라

온 겨레 마음의 선구 해공 선생 그 이름아!

- 해공 신익희(海公 申翼熙, 1894~1956).

금시 타도 하늘로

피여 날듯 아른하다

눈감고 나래펴는

향그로운 마음에

머언 그 옛날

할아버지 흰 수염이

아주까리 등불들에

비치어 자애롭다

《여운》(일조각, 1964) 차례

I

설조 | 여운 | 범종 | 꿈 이야기 | 빛 | 폼페이 유감 | 귀로 |
혼자서 가는 길 | 가을의 감촉 | 추일단장

II

뜨락에서 은방울 흔들리는 | 아침 1 | 소리 | 연 | 동야초 |
여인 | 색시 | 아침 2 | 산중문답

III

터져 오르는 함성 | 혁명 | 늬들 마음을 우리가 안다 |
사랑하는 아들딸들아 | 우음 | 이 사람을 보라 | 사자 |
그날의 분화구 여기에 | 불은 살아 있다

설조 雪朝

천산에
눈이 내린 줄을
창 열지 않곤
모를 건가.

수선화
고운 뿌리가
제 먼저
아는 것을—

밤 깊어 등불 가에
자욱이 날아오던
상념의
나비 떼들

꿈속에 그 눈을 맞으며
아득한 벌판을
내 홀로
걸어갔거니

무슨 광명과
음악과도 같은 감촉에

눈뜨는
이 아침

모든 것을
긍정하고픈 마음에
살래살래
고개를 저으며
내려서 쌓인
눈발

천산에
눈이 온 줄을
창 열지 않고도
나는 안다.

여운

물에서 갓 나온 여인이
옷 입기 전 한때를 잠깐
돌아선 모습

달빛에 젖은 탑이여!

온몸에 흐르는 윤기는
상긋한 풀내음새라

검푸른 숲 그림자가 흔들릴 때마다
머리채는 부드러운 어깨 위에 출렁인다.

희디흰 얼굴이 그리워서
조용히 옆으로 다가서면
수줍음에 놀란 그는
흠칫 돌아서서 먼뎃산을 본다.

재빨리 구름을 빠져나온
달이 그 얼굴을 엿보았을까
어디서 보아도 돌아선 모습일 뿐

영원히 얼굴은 보이지 않는

탑이여!

바로 그때였다 그는
남갑사藍甲紗 한 필을 허공에 펼쳐
그냥 온몸에 휘감은 채로
숲속을 향하여
조용히 걸어가고 있었다.

한 층
두 층
발돋움하며 나는

걸어가는 여인의 그 검푸른
머리칼 너머로
기우는 보름달을
보고 있었다.

아련한 몸매에는 바람 소리가
잔잔한 물살처럼
감기고 있었다.

범종

무르익은 과실이
가지에서 절로 떨어지듯이 종소리는
허공에서 떨어진다. 떨어진 그 자리에서
종소리는 터져서 빛이 되고 향기가 되고
다시 엉기고 맴돌아
귓가에 가슴속에 메아리치며 종소리는
웅 웅 웅 웅 웅……
삼십삼천三十三天을 날아오른다 아득한 것.
종소리 위에 꽃방석을
깔고 앉아 웃음 짓는 사람아
죽은 자가 깨어서 말하는 시간
산 자는 죽음의 신비에 젖은
이 뎅 하니 비인 새벽의
공간을
조용히 흔드는
종소리
너 향기로운
과실이여!

꿈 이야기

문을 열고
들어가서 보면
그것은 문이 아니었다.

마을이 온통
해바라기 꽃밭이었다
그 헌칠한 줄기마다
맷방석만 한 꽃송어리가 돌고

해바라기 숲속에선 갑자기
수천 마리의 낮닭이
깃을 치며 울었다.

파아란 바다가 보이는
산모롱이 길로
꽃상여가 하나
조용히 흔들리며 가고 있었다.

바다 위엔 작은 배가 한 척 떠 있었다.
오색 비단으로 돛폭을 달고
뱃머리에는 큰 북이 달려 있었다.

수염 흰 노인이 한 분
그 뱃전에 기대어
피리를 불었다.

꽃상여는 작은 배에 실렸다.
그 배가 떠나자
바다 위에는 갑자기 어둠이 오고
별빛만이 우수수 쏟아져 내렸다.

문을 닫고 나와서 보면
그것은 문이 아니었다.

빛

세상에 태날 적부터
눈이 먼 배냇장님이었어요
바깥세상을 못 보아도 나의 안에는
화안한 세상이 따로 있었지요.

눈을 감아야 보이는 세상
그것은 바로 꿈의 나라
영혼의 속삭임은 귀로 듣고
소리 안에서 빛과 모습을 보았지요.

그러던 내가 어느 날 거리에 나갔다가
두 눈이 갑자기 떠졌습니다.
천지가 까마득히 소리도 없고
적막한 죽음의 문만이 열려 있었어요.

네거리 한복판에
넋을 잃고 서 있었습니다.
눈을 뜨고 잃어버린 동서남북을
혼자서 울고 있었습니다.

바로 그때였습니다. 조용히
어깨를 흔드는 사람이 있었어요.

"이 딱한 사람아 눈을
도로 감게나그려……"

도로 눈을 감았을 때
아 거기 옛날의 태양이 떠 있었습니다.
다시 빛을 준 사람—
누군지를 모릅니다.
목소리만이 화안하게 웃고 있었습니다.

폼페이 유감有感

1

폼페이 그날의
메인스트리트 위로
검은 옷 입은
여인이 걸어온다.

포석鋪石에 부딪는
가을의 발자취 소리
바람에 묻어오는
싸늘한 죽음의 감촉

하늘을 가리우는
지붕을 걷어 버린 이 거리에는
부끄러움 없이 하늘을 쳐다볼
사람이 없다.

손을 흔들며
떠나갔다가는
이내 되돌아오는
초침의 가냘픈 전율

우수의 기인

그림자를 거느리고
검은 옷 입은 여인에게
조용한 목례를 보내며

폼페이 그날의
메인스트리트를
내가 걸어간다.

2
형언할 수 없는 고뇌는
영원히 남는 것

그날 아비규환의 울부짖음이
화석化石된 옆에

마침내 인간을 구원할 수 없는
빵 한 조각의 의미

"숙녀는 들어갈 수 없습니다"
밀실에 열쇠를 꽂으면

천지가 뒤집힌 벽화를

오늘도 지키는 무구한 동자상童子像
그 성숙한 고추가 뿜는 물은
음료수가 아니었어라.

돈주머니보다 무거운
음락의 저울대 위에

무너져 내린 폼페이를
오늘은 이름 모를

꽃 한 송이가
피어 있다.

3
폼페이 유적을 본 감회가 어떠냐고
나의 어깨를 치며 백발의 신사가 묻는다.

오늘의 우리 문명도 이 같은
운명 앞에 서게 된 것을……

화산이냐구요?
그렇습니다 영원한 활화산이지요.

오늘 폼페이 폐허에
다시 날아오는 죽음의 재는 무엇입니까

노을을 등에 진 노신사의
흰 머리칼 위에 박모薄暮가 내려앉는다.

귀로

못물은 짙푸르고나
그 잔잔한 수면 위로
오늘은 한 줄기
소낙비가 건너가고.

바람에 불려온 풀벌레의
가냘픈 경련으로 하여
보이지 않는 파문은
기슭으로 밀려간다.

심연의 풍속은 절망이라
그 윤리에 젖어
해묵은 낙엽들은
조용히 침전하였다.

이 검푸른 수심을
어느 태초에
환상의 파충류가
기어 나왔거니

침통한 못물 그 밑바닥에
원시의 청렬淸洌한 샘물을 감추고

정오 겨운 태양 아래
문명은 부패하고 있다.

잔잔한 가슴을
마구 두드려 놓고
혁명은 소낙비처럼
산을 넘어가고

고독한 자의 영혼 위에
오늘은 드높은 하늘
풀벌레는 옴찍하지 않는다
한 오리 구름이 하늘을 떠돌듯이.

혼자서 가는 길

이제는
더 말하지 않으련다.

하고 싶은 말을
다 쏟아 놓고
허전한 마음으로
돌아가는 길 위에는

저녁노을만이
무척 곱구나.

소슬한 바람은
흡사 슬픔과도 같았으나
시장기의 탓이리라
술집의 문을 열고

이제는 더
말하지 않으련다.

내 말에 귀를 기울이고
옳다고 하던 사람들도
다 떠나 버렸다.

마지막 남는 것은 언제나
나 혼자뿐이라서 혼자 가는 길

배신과 질시와 포위망을
그림자같이 거느리고
나는 끝내 원수도 하나 없이
이리 고독하고나

이제는 더 말하지
않으련다.

잃어버린 것은 하나 없어도
너무 많이 지쳐 있어라
목이 찢어지도록
외치고픈 마음을 달래어

휘정휘정
혼자서 돌아가는 길 위에는

오래 잊었던 이태백의
달이 떠 있다.

가을의 감촉

바람은 벌써
셀룰로이드 구기는 소리가 난다.

두드리면 목금木琴처럼
맑게 울릴 듯 새파란 하늘

내라도 붓을 들어
붉은 점 하나 찍고 싶은데

온 여름 내 태양을 빨아들여
안으로 성숙한 과일들이야

꽃자줏빛 주황색으로
영글 수밖에 ─

무르익어 아귀가 벌어
떨어지는 씨알을 땅에 묻고 싶은

성실한 의지가 결실한
저 푸른 허공에
영롱한 점 하나둘

바쁜 계절을 보내고
이제는 돌아와
창 앞에 앉고 싶어라

앉아서 조용히
옛날을 회상하고픈

가을은 낙엽이
뿌리를 덮는 계절

하늘은 자꾸만 높아 가는데
마음은 이렇게 가라앉아

새하얀 바람 속에
옥양목 옷 향기가 정다웁다.

추일단장 秋日斷章

1

갑자기
산봉우리가 치솟기에

창을 열고
고개를 든다.

깎아지른 돌벼랑이사
사철 한 모양

구름도 한 오리 없는
낙목한천을

무어라 한나절
넋을 잃노.

2

마당 가장귀에
얇은 햇살이 내려앉을 때
장독대 위에
마른 바람이 맴돌 때

부엌 바닥에
북어 한 마리

마루 끝에
마시다 둔 술 한 잔

뜰에 내려 영영히
일하는 개미를 보다가

돌아와 먼지 앉은
고서를 읽다가……

3
장미의 가지를
자르고

파초를 캐어 놓고

젊은 날의 안타까운
사랑과

소낙비처럼

스쳐간
격정의 세월을
잊어버리자.

가지 끝에 매어달린
붉은 감 하나

성숙의 보람에는
눈발이 묻어온다.

팔짱 끼고
귀 기울이는
개울
물소리.

뜨락에서 은방울 흔들리는

뜨락에서
은방울 흔들리는 소리가 난다.

아기가 벌써 깼나 보군

창을 열치니 얄푸른 잎새마다
이슬이 하르르 떨어진다.

이슬 구르는 소리가
그렇게 클 수 있담

꿈과 생시가 넘나드는
창턱에 기대 앉아
눈이 다시 사르르 감긴다.

봄잠은 달구나
생각하는 대로 꿈이 되는,

희미한 기억의 저편에서
소녀들이 까르르 웃어댄다.

개울 물소린지도 모르지

감은 눈이 환해 오기에
해가 뜨나 했더니
그것은 피어오르는 복사꽃 구름.

아 이 아침 나를
창 앞으로 유혹한 것은 무엇인가

꽃그늘을 흔들어 놓고
산새가 파르르 날아간다.

아침 1

누군가 뚜우 하고
나팔을 불었다.
놀라 깨어 창을 열치니
아무도 사람은 없다.

바지랑대를 감아쥐고
사알살 기어오르던
넌출 끝에서
나팔꽃 한 송이가
활짝 피었네.

잎새 위엔 주먹만 한
이슬이 하나 —
이슬이 온통
꽃자줏빛이다.

"옳지
요놈이 불어냈구나"
나도 갑자기
비눗방울을 날리고 싶어졌다.
들었던 칫솔을 내던지고
비눗물을 타 가지고 왔다.

어느새 마을을
한 바퀴 돌았나
바둑이란 놈이 뛰어 들어와
꼬리를 친다.

꽃과 이슬을 번갈아 보며
고개를 연송 갸웃거린다.

"가만있어
내 저놈보다
더 큰 것을 만들어 줄게
봐아라."

바로 그때였다 거미란 놈이
줄을 타고 내려온다.
거미가 나팔꽃을
들여다본다.

나는 후우 하고
비눗방울을 불어 올렸다.
주먹만 한 비눗방울이

동동 떠오르더니
빨랫줄을 살짝 넘어
이슬 옆에 가서 사뿐 앉았다.

주먹만 한 이슬 옆에
주먹만 한 비눗방울

"야
신난다."

거미가
나팔꽃 속으로 들어가려고
가느다란 발을 디밀었다.
갑작스레 빠앙 하고
나팔꽃이 외치는 바람에
이슬도 비눗방울도 꺼져 버렸다.

나는 뒷개울로 막 달아났다.
바둑이가 좇아왔다.

"빨·주·노·초·파·남·보
보·남·파·초·노·주·빨."

소리

햇살 바른 곳에 눈을 꼬옥 감고 서 있으면
귀가 환하게 열려온다.

환히 열리는 귓속에 들려오는 소리는
화안한 빛을 지닌 노랫소리 같다.

지금 마악 눈 덮인 앞산을 넘어
밭고랑으로 개울가로
퍼져가는 바람 소리는 연둣빛이다.

냉이싹 보리싹 오맛 푸나무 잎새들이
재잘거리는 소리다.
그것은 또 버들피리 소리가 난다.

그리고 논두렁으로 도랑가로
울타리 옆으로 흙담 밑으로
살살 지나가는 바람은 노랑빛이다.

민들레 개나리 또는 담을 넘어
팔랑팔랑 날아오는 노랑나비 날개 빛이다.
아 이것은 바로 꾀꼬리 소리다.

그리고는 또 이제 앞뒷산으로
병풍을 두르듯이 휘도는 세찬 바람 소리는
연분홍 보랏빛 꼭두서니 빛이다.

진달래 복사꽃 살구꽃 빛이다.
온 마을을 온통 고까옷을 입혀 놓는 명절 빛이다.
아 이건 애국가 합창 소리가 난다.

눈을 뜨면 아무 소리도 없고
귀를 감으면 아무 빛도 안 보인다.
앙상히 마른 나뭇가지와 얼어붙은 흙뿐이다.

그러나 봄은 겨울 속에 있다.
풀과 꽃과 열매는
얼음 밑에 감추어 있다.

그리고 꿈은 언제나 생시보다는
한철을 다 가서 온다.

햇살 바른 곳에 눈을 꼬옥 감고 서 있으면
화안한 새 세상이 보인다.

연

하늘이 파랗게 얼어붙었다. 바람이 말굽 소리를 내며 달려간다.

소년이 연을 들고 언덕을 올라간다. 하늘이 가까와서가 아니라 바람이 알맞아서 좋다.

소년은 생각한다. "넓긴 얼마나 넓은지 몰라도 하늘 높이사 만만하다" 소년은 정성스레 모은 실오리의 끝을 믿는다.

연감개를 푼다. 바람이 소년의 코끝에 매달린다. 연은 하늘 아득히 별처럼 깜박이기도 하고 고기처럼 꼬리를 치기도 하고 이내 땅을 향하여 곤두박질친다.

소년은 실을 감는다. "에씨 하늘이 높다더니 이 실을 반도 못 푼담……" 소년은 제 실의 끝을 모른다.

연이 다시 바람을 타고 솟는다. 실이 연신 풀린다. "하늘이여 이 실이 다하거든 연을 끊어 주소서." 소년은 기도하는 마음이다.

연이 끊어지면 어쩌나. "그 많은 실 아까운 마음의 보람을 잃으면 어쩌나"
소년은 이내 연줄이 끊길 것을 근심한다.

연이 마침내 끊어졌다. 바람을 타고 연이 하늘 높이 깜박이며 조용히 떠간다.

소년은 연을 지켜보며 눈도 깜박이지 않고 서 있다.

이름 하나 쓰지 않은 연, 연은 이제 소년의 것이 아니다.

하늘이 안개 끼듯 내려앉는다.

연이 없다. 빈 연감개만이 손에 남아 있다.

소년은 쓸쓸히 언덕을 내려온다. 연을 잃어버린 슬픔으로 가슴이 흐뭇이 즐거워진다.

연을 하늘 높이 잃어 보지 않곤 하늘에 꿈을 두지 말라 ─.

소년은 돌아오는 길에 전봇대에 걸려서 파닥이는 연을 본다. "에씨 저러고서 연은 뭣 때문에 날린담"

소년은 어깨를 으쓱하고 하늘을 본다.

아 ─ 띄운 보람, 잃은 보람, 소년의 뺨이 달아오른다. 소년은 다시 댓가지와 가위와 크레용을 들고 툇마루로 나온다. 밥풀로 붙인다. 실을 감는다.

햇살이 따사하다, 바람 소리가 휘파람을 불며 온다.

동야초 冬夜抄

　포플러나무 꼭대기에 깨어질 듯 밝은 차운 달을 앞뒷산이 쩌렁쩌렁 울리도록 개가 짖는다.

　옛이야기처럼 구수한 문풍지 우는 밤에 마귀할미와 범 이야기 듣고 이불 속으로 파고들던 따슨 아랫목.

　할머니는 무덤으로 가시고 화로엔 숯불도 없고 아 다 자란 아기에게 젖 줄 이도 없어 외로이 돌아앉아 밀감을 깐다.

여인

그대의 함함히 빗은 머릿결에는
새빨간 동백꽃이 핀다.

그대의 파르란 옷자락에는
상깃한 풀내음새가 난다.

바람이 부는 것은 그대의 머리칼과
옷고름을 가벼이 날리기 위함이라

그대가 고요히 걸어가는 곳엔
바람도 아리따웁다.

색시

새하얀 반포 수건을 쓰고 멧새 우지지는 푸른 길을 걸어가는 색시는 점심 바구니에 이름 모를 들꽃을 따서 담았다.

산비탈 소나무 아래 사나이는 담배를 태우며 하늘을 본다. 흰 구름이 쉬어 넘는 서낭당 고요한 돌더미 색시는 바구니를 내려놓고 사뿐히 절한다.

돌아오는 길에 채색 딱따구리를 보고 갓 시집온 색시는 얼굴을 붉힌다.

'울타리 옆 한 그루 살구나무 나를 사랑하던 복이는 장갈 갔을까'

바람이 불 적마다 색시는 밤물치마를 여민다.

아침 2

약초밭 머리로 흰 달이 기울면

안개 솔솔 풀잎에 내리고
노고지리 우지지다 하늘도 개인다.

떨어지는 구슬 속에
새 울음소리도 들릴 듯이……

여울물 돌 틈으로 돌고
산꿩이 포드득 날아간다.

버드나무 선 우물가엔
물동이 인 순이가 보인다.

"마을에서는 보리밥 뜸지고
된장이 보글보글 끓으리라"

김매던 호미 상긋한 풀숲에 자빠지고
햇살이 다복이 퍼지는 아침 마을이 웃는다.

산중문답

"새벽닭 울 때 들에 나가 일하고
달 비친 개울에 호미 씻고 돌아오는
그 맛을 자네 아능가"

"마당가 멍석자리 쌉살개도 같이 앉아
저녁을 먹네
아무데나 누워서 드렁드렁 코를 골다가
심심하면 퉁소나 한 가락 부는
그런 멋을 자네가 아능가"

"구름 속에 들어가 아내랑 밭을 매면
늙은 아내도 이뻐 뵈네
비온 뒤 앞개울 고기
아이들 데리고 낚는 맛을
자네 태곳적 살림이라꼬 웃을라능가"

"큰일 한다고 고장 버리고 떠나간 사람
잘되어 오는 놈 하나 없데
소원이 뭐가 있능고
해마다 해마다 시절이나 틀림없으라고
비는 것뿐이제"

"마음 편케 살 수 있도록
그 사람들 나랏일이나 잘하라꼬 하게
내사 다른 소원 아무것도 없네
자네 이 마음을 아능가"

노인은 눈을 감고 환하게 웃으며
막걸리 한 잔을 따라 주신다.

"예 이 맛은 알 만합니더"
청산 백운아
할 말이 없다.

터져 오르는 함성*

네 벽 어디를 두드려 봐도
이것은 꽝꽝한 바위 속이다.

머리 위엔 푸른
하늘이 있어도
솟구칠 수가 없구나
민주주의여!

절망하지 말아라
이대로 바위 속에 끼어 화석이 될지라도
1960년대의 포악한 정치를
네가 역사 앞에 증거하리라.

권력의 구둣발이 네 머리를 짓밟을지라도
잔인한 총알이 네 등어리를 꿰뚫을지라도
절망하지 말아라 절망하진 말아라
민주주의여!

백성의 입을 틀어막고 목을 조르면서
"우리는 민주주의를 신봉한다"고
외치는 자들이 여기도 있다
그것은 양의 탈을 쓴 이리

독재가 싫어서 독재주의와 싸운다고
손뼉 치다가 속은 백성들아
그래도 절망하진 말아라
민주주의여!

생명의 밑바닥에서 터져 오르는 함성
그 불길에는
짓눌려 놓은 바위뚜껑도 끝내
하늘로 퉁겨지고 마는 것

가슴을 꽝꽝 두드려 봐도
울리는 것은 자유의 심장, 그것은 광명
암흑의 벌판에 물길을 뚫고
굽이치는구나 이 격류에
바위도 굴러 내린다.
절망하지 말아라
이대로 가시를 이고 바닷속에 던져질지라도
불의를 증오하고 저주하는 파도는

• [원주] 1960년 4월 13일에 목월, 남수, 목남으로 더불어 한 편의 연작시를 이루니
이는 그 종장이다. 《새벽》 그달 치에 실리다.

네 몸의 못 자국을
고발하리라 백일白日 아래
민주주의여!

혁명*

아 그것은 홍수였다
골목마다 거리마다 터져 나오는 함성

백성을 암흑 속으로 몰아넣은
"불의한 권력을 타도하라"
양심과 순정의 밑바닥에서 솟아오른
푸른 샘물이 넘쳐흐르는
쓰레기를 걸레쪽을 구더기를 그
죄악의 구덩이를 씻어 내리는

아 그것은 파도였다.
동대문에서 종로로 세종로로 서대문으로
역류하는 격정은 바른 민심의 새로운 물길,
피와 눈물의 꽃파도
남대문에서 대한문으로 세종로로 경무대로
넘쳐흐르는
이것은 의거 이것은 혁명 이것은
안으로 안으로만 닫았던 분노

온 장안長安이 출렁이는 이 격류 앞에
웃다가 외치다가 울다가 쓰러지다가
끝내 흩어지지 않은 피로 물들인

온 민족의 이름으로
일어선 자여

그것은 해일이었다.
바위를 물어뜯고 왈칵 넘치는
불퇴전不退轉의 의지였다. 고귀한 핏값이었다.

정의가 이기는 것을 눈앞에 본 것은
우리 평생 처음이 아니냐
아 눈물겨운 것
그것은 천리天理였다.
그저 터졌을 뿐 터지지 않을 수
없었을 뿐
애국이란 이름조차 차라리
붙이기 송구스러운
이 빛나는 파도여
해일이여!

* 《조지훈 전집》(1996)에는 제목이 '마침내 여기 이르지 않곤 끝나지 않을 줄 이미
  알았다'인 이본이 함께 수록되었다.
  [원주] 1960년 4월 26일 밤《경향신문》복간에 즈음하여 축시를 청하므로 4월 혁
  명의 감격을 직정의 분류 그대로 쏟아 놓다.

늬들 마음을 우리가 안다*

어느 스승의 뉘우침에서

그날 너희 오래 참고 참았던 의분義憤이 터져
노도怒濤와 같이 거리로 거리로 몰려가던 그때
나는 그런 줄도 모르고 연구실 창턱에 기대앉아
먼 산을 넋 없이 바라보고 있었다.

오후 두 시 거리에 나갔다가 비로소 나는
너희들 그 무엇으로도 막을 수 없는 물결이
의사당 앞에 넘치고 있음을 알고
늬들 옆에서 우리는 너희의
불타는 눈망울을 보고 있었다.
사실을 말하면 나는 그날 비로소 너희들이
갑자기 이뻐져서 죽겠던 것이다.

그러나 이것은 어쩐 까닭이냐.
밤늦게 집으로 돌아오는 나의 발길은 무거웠다.
나의 두 뺨을 적시는 아 그것은 뉘우침이었다.
늬들 가슴속에 그렇게 뜨거운 불덩어리를
간직한 줄 알았더라면
우린 그런 얘기를 하지 않았을 것이다
요즘 학생들은 기개가 없다고

병든 선배의 썩은 풍습을 배워 불의에 팔린다고

사람이란 늙으면 썩느니라 나도 썩어 가고 있는 사람
늬들도 자칫하면 썩는다고……

그것은 정말 우리가 몰랐던 탓이다
나라를 빼앗긴 땅에 자라 악을 쓰며 지켜왔어도
우리 머리에는 어쩔 수 없는
병든 그림자가 어리어 있는 것을
너희 그 청명한 하늘같은 머리를 나무람했더란 말이다.
나라를 찾고 침략을 막아내고 그러한 자주自主의 피가
흘러서 젖은 땅에서 자란 늬들이 아니냐.
그 우로雨露에 잔뼈가 굵고 눈이 트인 늬들이 어찌
민족만대民族萬代의 맥맥한 바른 핏줄을 모를 리가 있었겠느냐.

사랑하는 학생들아
늬들은 너희 스승을 얼마나 원망했느냐
현실에 눈감은 학문으로 보따리장수나 한다고
너희들이 우리를 민망히 여겼을 것을 생각하면
정말 우린 얼굴이 뜨거워진다 등골에 식은땀이 흐른다.
사실은 너희 선배가 약했던 것이다 기개가 없었던 것이다.

매사에 쉬쉬하며 바른 말 한마디 못한 것
그 늙은 탓 순수의 탓 초연의 탓에

어찌 가책이 없겠느냐.

그러나 우리가 너희를 꾸짖고 욕한 것은
너희를 경계하는 마음이었다. 우리처럼 되지 말라고
너희를 기대함이었다 우리가 못할 일을 할 사람은
늬들뿐이라고 –
사랑하는 학생들아
가르치기는 옳게 가르치고 행하기는 옳게 행하지 못하게 하는 세상
제자들이 보는 앞에서 스승의 따귀를 때리는 것쯤은 보통인
그 무지한 깡패 떼에게 정치를 맡겨 놓고
원통하고 억울한 것은 늬들만이 아니었다.

그러나 이럴 줄 알았더면 정말
우리는 너희에게 그렇게 말하진 않았을 것이다.

가르칠 게 없는 훈장이니
선비의 정신이나마 깨우쳐 주겠다던 것이
이제 생각하면 정말 쑥스러운 일이었구나.

사랑하는 젊은이들아
붉은 피를 쏟으며 빛을 불러 놓고
어둠 속에 먼저 간 수탉의 넋들아

늬들 마음을 우리가 안다 늬들의 공을 온 겨레가 안다.
하늘도 경건히 고개 숙일 너희 빛나는 죽음 앞에
해마다 해마다 더 많은 꽃이 피리라.

아 자유를 정의를 진리를 염원하던
늬들 마음의 고향 여기에
이제 모두 다 모였구나
우리 영원히 늬들과 함께 있으리라.

* 《조지훈 전집》(1996)에는 같은 제목의 이본이 함께 수록되었다.

사랑하는 아들딸들아
4월 의거학생 부모의 넋두리에서

어머니들은 대문에 기대어서 밤을 새우고
아버지들은 책상 앞에 턱을 괴고 앉아 밤을 새운다.
비록 저희 아들딸이 다 돌아왔다 한들 이 밤에
어느 어버이가 그 베갯머리를 적시지 않으랴.

사랑하는 아들딸들아
우리는 늬들을 철모르는 아인 줄로만 알았다.

마음 있는 사람들이 썩어가는 세상을 괴로워하여
몸부림칠 때에도
그것을 못 본 듯이 짐짓 무심하고 짓궂기만 하던 늬들을
우리는 정말 철없는 아인 줄로만 알고 있었다.
그러니 어찌 알았겠느냐 그날 아침
여느 때와 다름없이 책가방을 들고
태연히 웃으며 학교로 가던 늬들의 가슴 밑바닥에
냉연한 결의로 싸서 간직한 그렇게도 뜨거운
불덩어리가 있었다는 것을
사랑하는 아들딸들아 우리는 아직도 모른다.

무엇 때문에 어린 늬들이
너희 부모와 조상이 쌓아온 죄를 대신 속죄하여
피 흘리지 않으면 안 되었다는 것을

연약한 가슴을 헤치고 목메어 외치는 늬들의 순정을
총칼로 무찌른 무리가 있었다는 것을

아무리 죄지은 자일지라도 늬들 앞에 진심의 참회
부드러운 위로 한마디의 언약만 있었더라면
늬들은 조용히 물러나왔을 것을
그렇게까지 너희들이 노하지는 않을 것을
그 값진 피를 마구 쏟고 쓰러지지는 않았을 것을
사랑하는 아들딸들아
너희는 종내 돌아오지 않는구나
어느 거리에서 그 향기 높은 선혈을 쏟고 쓰러졌느냐.
어느 병원 베드 위에서 외로이 신음하느냐 어느 산골에서
굶주리며 방황하느냐.

고귀한 희생이 된 너희로 하여
민족만대民族萬代 맥맥히 살아 있는 꽃다운 혼을
폭도라 부르던 사람들도 이제는 너희의 공을 알고 있다.

떳떳하고 귀한 일 했으며 너희
부모인들 또 무슨 말이 있겠느냐마는 아무리 늬들의 공이
조국의 역사에 남아도

너희보다 먼저 가야 할 우리 어버이 된 자의 살아남은 가슴에는
죽는 날까지 빼지 못할 못이 박히는 것을 어쩌느냐.

사랑하는 아들딸들아
참으로 몰랐다 너희들이 이렇게 가야 할 줄을
너희 부모들은 길이 두고 마음속에 너를 기다려
문에 기대서고 책상 앞에 턱 괴고 밤을 새울 것이다.

모진 바람에 꽃망울조차 떨어지고
총소리 속에 먼동이 터온다.
아 우리 사랑하는 아들딸들아
고이 잠들거라.

우음偶吟

사람마다 가슴 위에
과녁 하나쯤은 달아야 할 일이다.

왼편 가슴에 심장이 있는 줄을
누가 모르나

심장이 어디 양심이라야지
양심을 쏴라 양심으로.

쓸데없고 성가시고
가다간 목숨까지 잃는다고

맹장처럼 양심을
잘라버리고 사람들은

저마다 가슴에
훈장을 달고 있다.

훈장은 배리背理 그 뒤에는
죄과罪過가 희생이 눈물이 살아 있다.

과녁이 없거든

훈장을 쏴라

거기가 바로 심장이다
심장이 어디 양심이라야지

양심을 자른 자는
눈물도 죄악이다 울지 말아라.

혁명이 아니라면
피 흘린 사람들은 내란죄로 몰아야지

온정의 눈물 앞엔
대의도 무너진다.

아 혁명은 보람 없는 것
죽은 줄 알았던 죄인이 다시 걸어 나오고

사람들은 그 유령들에게
일표一票의 공능을 희사하려 한다.

울부짖으며 죽어간 사람의
영혼에 침을 뱉는구나

원통한 무덤에는
풀이 나지 않으리라.

이 사람을 보라
혁명국회에 부치는 글

이 사람을 보라
이는 삼천만의 양심
혁명의 전사
이 젊은 첨병의 빛나는 눈을
멀게 한 자는 무엇이며 또 누구였던가.
그날 불의를 무찌르러
그 아성을 향하여
외치며 달려간 용사들
그 수없이 넘어진 시체를 밟고
뿌린 피의 강물을 넘어
마침내 혁명의 깃발을 꽂아
훈장 대신에 눈을 잃고 팔다리를 잃고
그래도 생명 있는 입상으로
살아 있는
이 사람을 보라.

아 ─ 혁명정신은 어디로 갔는가
궤변의 법은 제 손으로 제 목을 졸라
독재자의 주구走狗, 망국의 원흉들을
처단함에 준순하고
부정축재자를 어루만지고
죄악의 도당의 더러운 손을 이끌어

그들을 살리고
나라를 망친 자들이
혁명국회에 후안무치하게
나와서 활갯짓하는 오늘
진실로 이 사람들을
배반당한 슬픔 속에
몰아넣지 않을 굳은 결의를
무엇으로 보이려는가

이름만의 혁명
새로운 집권의 환희에
그대들이 빠져갈 때
조국은 누란의 위기에서
민족을 덩어리 금새로 잃을
관두關頭에서
하늘을 우러러 호곡하고 있음을
잊지 말라
이러고서야 망하지 않을 수
없으리라는
어제까지의 그 위구危懼는 아직도
사라지지 않았는데
십만의 선량選良에 자과하는 동안

삼천만의 양심을 잃으면
때는 늦은 것

이 사람을 보라
육안은 멀어도 그로 해서 심안은
더 밝아졌노니
이는 삼천만의 양식
혁명의 감시자
눈은 멀어도 입은 아직
포효할 수 있고
팔다리는 끊기어도
마음은 길이
민족의 염원 속에 고동한다

부패의 뿌리를 뽑고
경제의 활기를 불어넣고
법의 존엄을 지키고
질서를 회복하자면
진실로 분골쇄신의 결의와
헌신만이
있어야 한다

권모와 술수보다 염결과 공정을
압력과 회유보다는 성근誠謹과 과감을
아 ― 이것만이 그대들에게 보내는
겨레의 신망
젊은 혁명전사들의 염원임을
잊지 말라
어찌 한 시인들 잊을 수 있으랴
그대들 항상 명리에 마음 팔릴 때
분연히 깨우칠 말 한 마디
"이 사람을 보라"

사자

사자는 잘 노하지 않는다.
양지 쪽에 누워 졸고 있는 그에게
돌이라도 던져 보라.
천천히 고개를 들어
주위를 한 번 둘러보고는
이내 아무렇지도 않은 듯이
다시 조는 그 풍도를 보라.

아 나태와도 같은 무관심 속에
저 광야를 질풍과 같이 휘몰아 가는
분신의 기개가 깃들어 있음을
그 누가 알 것인가.

병들었다던 4월의 사자들이
그날 독재의 아성을 향하여
달려가던 피의 자국을
우리는 역력히 보았더니라.

사자는 함부로 외치지 않는다.
외치는 듯 그것은 소리 없는 절규
기인 하품일 뿐
날씬한 몸매를 거창한 머리의

위엄으로 감추고
조용히 기지개 켜는 그 여유를 보라.

이 안일과도 같은 도사림 속에
저 백수를 습복시키는
망천望天의 사자후가 깃들어 있음을.

잠자는 4월의 사자들이
이제 무엇을 향하여
그 울부짖음을 터뜨릴 것인가를
우리는 역력히 지켜볼 것이다.

그날의 분화구 여기에

고대高大 4월 혁명탑명銘

자유! 너 영원한 활화산이여
사악과 불의에 항거하여
압제의 사슬을 끊고
분노의 불길을 터뜨린
아! 1960년 4월 18일
천지를 뒤흔든 정의의 함성을 새겨
그날의 분화구 여기에 돌을 세운다.

불은 살아 있다*

　조상으로부터 물려받은 작은 불씨를 죽이지 않고 가꾸어온 마을
이 있었다.
　"그렇지 불을 남의 집에 가서 꾸어 올 수야 없지!"

　질화로에서 집어낸 새빨간 숯 부스러기는
　호롱불 심지에 대고 정성스리 불어서
　어둠을 몰아내기도 하고
　마른 솔잎에 싸서 가마솥의 물을 비등沸騰시키기도 했다.

　그나 그뿐이랴 이 작은 불씨는 어느 날엔
　갑자기 앞뒷산으로 튀어 올라
　봉화가 되어 타오르기도 했다.

　마음속 깊숙이 작은 불씨를 묻어 놓고
　이 고장 사람들은 웃으며 살았다.
　"그렇지 성냥개비 하나로 폭발할 수야 없지!"
　스스로 지닌 내부의 불길에 머리가 달아오를 때는
　얼음조각이 뜨는 동치미 국물에 숯토막을 띄워서
　목을 축이고 짐짓 인고의 세월을 견디어 왔다.
　그래도 아이들은 가만히 앉아 있지를 못한다.
　마른 쇠똥에 불씨를 옮겨 가지고 곧잘 벌판을 내달았다.

노란 잔디밭에 가시넝쿨에 불을 지르고 세찬 바람을 받아
휘몰아 가는 불길을 바라보며 아이들은 일제히 함성을 올렸다.

맨발 벗고도 상기한 뺨 ― 소년의 가슴에
옛날의 꽃다운 전설이 어린다.
"그렇다 영원한 하늘의 불은 살아 있다!"

•   [원주] 목월, 남수, 두진과 더불어 같은 제목으로 지은 연작시이다.

후기

1957년부터 1964년에 이르는 7년간의 작품 중에서 몇 편을 골라
'여운'이란 이름 아래 엮어 보았다. 제 1부의 〈여운〉(1957)이 가장
오랜 것이고, 제 2부의 〈산중문답〉(1964)이 가장 나중 것이다. 그
리고, 제 2부의 〈색시〉와 〈아침 2〉는 8·15 이전 것으로 기간既刊
시집에 누락된 것임을 밝혀 둔다.

제3부에 모은 시편들은 나의 제3시집《역사 앞에서》의 속편으
로 4월 혁명의 사회시편들이다. 그날의 격정도 이제는 하나의 여운
이 되었다. 나 자신을 정리하는 뜻에서 여기 함께 간추리는 것이다.

종소리의 여운을 듣는달까 귀로의 정서에 붓대를 멈추고 한동
안 쉬련다. 날아오는 시의 나비들을 가슴에 잠재우면서 ─.

1964년 10월

저자著者 지지志之

6 부

바위송

힌 구름이 피어 오르는

무르녹는 봄 고요한 산골로

파릇한 새파람

귓결에 감고

나도 모를 나의 마음이

차거운 물소리 밟으며 간다

바위송頌

한자리에
옴찍 않으면
이끼 앉는다던데

차라리
흰 구름조차
훌훌
벗어 버리고

푸른
하늘로
치솟는

나신의
의지.

탁 트인
이마

드넓은
가슴으로

누거만년의
그 소슬한
침묵을

깨뜨려라
바위여 ―

　　바위도 울 때가
　　있느니

스쳐가는 것은
오직 풍상

흔들리지 않는다
바위는

그 역사를
가슴에 새길 뿐

냉철하고
엄숙한
위의威儀 앞에

사람들아
옷깃을 여미고

배우자
바위

영원한
부동의 자세

항상 청순한
그 호흡을―.

풀잎단장斷章 2

살아 있는 모든 것의
가슴속 깊이

꽃다이 흐르는
한 줄기 향수

짐짓 사랑과
미움을 베풀어

다시 하나에 통하는
길이 있고나

내 또한 아무 느낌 없는
한 오리 풀잎으로

고요히 한 줌 흙에
의지하여 숨 쉬노니

구름 흘러가는 언덕에
조용히 눈 감으면

나의 영혼에 연連하는

모든 생명이

구원한 찰나에
멸멸하노라.

녹색파문綠色波紋*

척촉꽃 난만한 사잇길로
산양이 울고 가고

녹색의 언덕을 넘어
흰 구름이 피어오른다.

푸른 사면斜面을 흘러내리는 햇살에
방울꽃 두셋이 꿈결에 졸고 ─ .

버드나무 선 못가에서
던져 보는 조약돌

파문이 사라진 뒤에도
나의 가슴에는 애달픈 연륜이 돌아간다.

노고지리와 뻐꾸기와 바구니 다 버리고
나의 소녀는 영영 돌아오지 않는다.

* 《조지훈 전집》(1996)에서는 제목이 '오월五月'이다.

찔레꽃

찔레꽃 향기
우거진 골에
어지러운 머리를
나는 어쩌나

검은 머리카락
칠칠히도
가락마다 아롱지는
희고 가는 목덜미

겁에 질린 듯이
구원의 손을 흔들어
꿈꾸는 속눈썹
홀로 가는 뒷모습

찔레꽃 향기
우거진 골에
어지러운 머리를
나는 어쩌나

마음

찔레꽃 향기에
고요가 스며
청댓잎 그늘에
바람이 일어

그래서 이 밤이
외로운가요
까닭도 영문도
천만 없는데

바람에 불리고
물 위에 떠가는
마음이 어쩌면
잠자나요.

서늘한 모습이
달빛에 어려

또렷한 슬기가
별빛에 숨어

그래서 이 밤이

서러운가요

영문도 까닭도
천만 없는데

별 보면 그립고
달 보면 외로운

마음이 어쩌면
잊히나요.

초립草笠

황앵黃鶯 초립 고웁다
하늘로 팽개치랴.

해바라기 꽃으로
웃음 웃고

알알이 구슬을
꿰어 든 초립

비취 비녀 어울려
아름다워라.

다홍치마 잔물결에
뜨는 꽃잎은

곱기가 사뭇
꾀꼬리 같아라.

남빛 쾌자 팔락이며
초립을 쓰고

감나뭇집 도령님이

장가가던 애기……

앞냇가 방축에
꾀꼬리 울고

초립은 곱기가
화문석이라.

사랑 思娘

머리카락과 머리카락을 마주 대고
눈물은 소리도 없이 고이 자랐다.

푸른 하늘로 기어오르는 흰 물오리 한 쌍
지당池塘엔 청청한 실버들만 늘어졌는데……

나귀 탄 새신랑도 족두리 쓴 처녀도 없이
연둣빛 풀밭에는 삼팔주三八紬 긴 수건만 떨려 있었다.

나비야 둘에 접은 만지장서로
규중 님네 가슴속 깊은 골짝에
사무치게 그립도록 젖어들어라.

옛마을

　파란 방울 소리 푸른 산길을 에돌던 날 청노새는 누나의 슬픔을 몰랐소이다. 누나는 가마 속에 울고 가고 주름지우오신 어머니 눈. 무명수건. 내 지금 천리 머나머온 길에 어버이 여의옴이여 눈물 헐하지 않음 양친 못 보면 아오리다. 오막살이 앞뜰에 봉선화 한 송이 올해도 피었다 이울어든…… 아－옛마을 그리움은 어버이 사랑하오심. 이 방 남으로 뚫린 창이 있사오매 눈물 흐르는 옛 생각 거두올 길 바이 없사외다.

합장

자다가 외로 일어
물소리 새록 차다.

깊은 산 고요한 밤
촛불은 단 하나라

눈 감고 무릎 끓어 합장하는 마음에
한 오리 향연이 피어오른다.

내 더러운 오체를
고이 불사르면

수정처럼 언 예지에
번뇌도 꽃이 되리

조촐한 마음은
눈물로부터……

백야

꿈길
외로운 마음에 들창을 열면

초가집 지붕 위로
새하얀 눈이 내려 쌓인다.

흰 침의 자락에 쌓이는 슬픔
벽에 기대어 눈을 감는다.

밭기슭에서

검은 흙 속에서
파릇한 새싹이 고개를 든다.

내 발밑이 들먹인다.

따뜻한 바람이 불더니
버드나무 새눈을 떴네.

'누나는 순이하구 무슨 얘기를 속살거리누'
정답게 앉아 나물을 캔다.

뽀얀 구름을 뚫고 노고지리는
자꾸만 하늘로 솟아오르는데

진달래꽃 찾으러
나는 산으로나 갈까나……

물레방아는 돌지 않고
언덕 위엔 아지랑이만 아른거린다.

방아 찧는 날

쿵더쿵 쿵더쿵
엄마와 누나가 방아를 찧는다.

밥솥에 불을 지펴 두고 아줌마는
샘터로 종종종 물 길러 갔다.

부엌에선 보글보글
된장 끓는 소리

침이 꼴깍 넘어간다.
해는 왜 아직도 안 지누

엄마랑 누나랑 함께 먹어야지
에잇 좀 더 참아 보자.

장날

오늘은 장날
장날은 한 달에 여섯 번 온다.

오십 리 육십 리 밖에서 이른 아침을 먹고
사람들은 모여 와 서로 팔고 사고 바꾸고
그리고 술 마시고 노래도 한다.

나는 공책과 조끼를 사러 장에 왔다.

떡 가게에 들어가 떡 하나 사 먹고
국밥 가게에는 새빨간 기름이 뜨는 쇠뼈다귀 국물에 국말이 국밥

서울서 온 책장수와 약장수는 깡깡이를 타며 사람을 부른다.
한다던 요술은 끝내 하지 않고
그만 해가 졌다.

원두막

짜랑짜랑 쪼이는 햇볕 아래
참외랑 수박 익는 냄새가 난다.

밭 가운데 덩그런 원두막 하나
언제나 서늘한 바람이 좋다.

먼 하늘에 떠가는 구름을 보면
애국가 한 곡조가 절로 나온다.

과물초 果物抄

포도

포도는 차라리 진주알

포도는 차라리 진주알

포도는 두메산골의 순박한 꿈을 잊었고

포도는 바다의 슬픈 전설을 모른다

온종일 고 맑은 눈동자를 굴리고 굴려

가없는 쪽빛 하늘만 바라본다.

밀감

누르러 정녕코 누르건만

너는 황금과 같은 속된 맛이 없어

언제나 마르지 않는 고상한 향기를 풍긴다

버들가지 늘어진 숲속에만 가면

너는 꾀꼬리같이 소리쳐 울 듯도 싶다

어린 날 만지던 엄마의 유방과 같은 부드럼이 있어

너는 향수와 추억을 내 미각 속에 가져온다.

임금

어떤 열일곱 처녀의 정열의 화신이기에 너는 두 볼이 그리도 빨갛냐

　서쪽 하늘에 빛나는 노을의 기폭旗幅보다 한결 고와 너는 내 황량

한 서재에

　한갓 광채를 더한다.

앵두

파아랗고 볼썽없던 앵두가
붉고 곱고 귀엽게 살이 진 것이
무엇이 알지 못할 일이오리까
코 흘리며 같이 소꿉질하던 옥이가
벌써 시집을 갔다는데……

감

떨어진 감꽃 주워 실에 꿰어서
네 목에다 가만히 걸어 두면은
옥이 그때 너는 어느 나라의 왕녀와도 같이
곱고도 노오블하더니 감꽃이 떨어졌길래 열매가 맺혔고
너와 나의 구슬 같은 사랑도 싹트지 않았니?

우림령 雨淋鈴 *

푸른 구슬을 머금고 나날이 산다

잎새 잎새는 마음의 분수
감로수 알알을 튀기어 다오

파르롭은 가슴에 이는 흰 구름
구슬이 흰 구름을 소화하는 풍경이여!

잎잎마다 채화로운 꽃은 피고
묵은 코에 흐뭇이 풍기는 향내로다

여기는 사향내 스미는 방촛길
빛과 소리가 방울져 내리는 곳

맑은 바람 시여 화판花瓣이 날고
간肝잎에 구르는 음향이로다

열 오른 두 볼을 만져 만져도
야윈 가슴이랴 사람 그립지도 않고……

머언 하늘가 죽엽창竹葉窓을 열어
아─우림령 한 가락이야 가슴에 차라

314

푸른 구슬을 머금고 나날이 산다
피리에 자란 몸이 되어

가볍게 하늘 위에 날 것같이 가벼웁게
지대한 공간에 서서
다만 행복도 눈앞에서 어둡네라

내 이매魑魅한 혓바닥을
그대 바늘을 들고 조용히 노리는데

여기 온통 꿈 항아리다
멀리서도 황홀히 만져지는 금고리가 고와서.

• 〈현악 영산회상〉의 다른 이름으로, 거문고, 가야금 등 현악기를 위주로 하고 대금, 단
  소 등 관악기를 곁들인 우아하고 섬세한 곡이다.

향어 鄉語*

사향 울타리길 너머로 흐르는 건 하얀 달이요. 조상이 가리켜 준 다못 사치奢侈가 처녀를 부르는 휘파람이었소. 창 밖에는 보얀 눈이 폭폭 내려 쌓이는 밤 화롯불 위에 도토리묵이 보글보글 끓어오르고 매캐한 먼지 냄새에 막걸리를 마시면 마을 사람은 모두 옛날옛날 잘 살던 얘기로 주름 잡힌 눈알에 이슬을 맺히고 고개를 들어 멍하니 엽초를 태우는 것이었소. 전설 같은 산촌 마을에 화물차가 돌던 날 순이는 청루靑樓로 팔려가고 지게품팔이 수돌이네가 이웃 고을에서 죽었다는 소문이 돌았는데 새파란 젊은 면서기는 늙은이 때리길 좋아했고 조상의 무덤을 바라며 울던 것은 김 참봉만이 아니었다고 하오. 조상의 남긴 유산은 빚으로 갚고 애놈은 자라면 사향 울타리길 호이호이 처녀 부르는 마을. 순이 같은 처녀를 사랑한 머슴애는 논밭을 곧잘 팔아 청루로 가는 것이었소. 버들피리 소리만 들리면 마을 색시가 봇짐을 잘 싼다는 마을. 볼기 잘 치던 양반 양반들만 산다는 마을. 양반은 상놈에게 사돈을 하고 밥을 얻어먹는다는 마을. 양반 사돈을 하고 족보를 꾸미면 곧잘 슬픈 눈물만 남기는 양반 뼈다귀 육조판서 참판 대사헌 대사간이 수두룩이 조상이 된다는 마을. 참봉 벼슬이 하나 할애비가 되는 데는 술 한 동이 닭 한 마리를 주면 땟물이 흐르는 묵은 양반은 낡은 초필草筆을 들고 곧잘 양반을 맨들어 주는 것이었소. 새 양반 영세불망비永世不忘碑가 동리 어귀마다 들어서면 향교에는 향사享祀를 추는데 관노의 아들 새 양반이 제관祭官이 되는 것이었소. 애비 할애비의 볼기를 치던 양반은 만주로 이민을 가고 새 양반은 양반 되는 것이 기뻐서

거친 구레나룻을 만지는 것이었소. 사향 울타리길엔 밤마다 처녀 부르는 휘파람이 날려 오고 보리밭골 옥수수밭 달이 휘영청 밝은 밤엔 처녀를 부르는 머슴애는 밀양 아리랑을 잘도 부르는 것이었 소. 밤에 갔다 온 애비가 잠들고 술동이 여나르던 애미가 잠들면 처녀는 뒷문을 열고 나서서 옥수수밭을 쳐다보는 것이었소. 양반 은 상놈이 되고 상놈은 양반이 되고 언제나 양반 상놈이 있다는 마 을. 아아 이 태곳적 전설 같은 마을. 이 마을에는 처녀와 총각은 정 다웠다는데 사시四時 골고루 처녀 총각이 없지 않다는 마을. 마을 같 은 얘기는 도토리묵 냄새가 나는 것이오.

• 《백지》(1939. 10.)에서는 제목이 '향향·어'이다.

밀림

1

참나무 떡갈나무 잣솔나무 다옥히 우거지고 떨어진 잎새 폭폭 발목에 묻히도록 구수한 냄새. 눈 들어도 해 보이지 않고 꾀꼬리 뻐꾸기 콩새 조끄만 오맛 산새 우는 사이 푸른 하늘이 구슬알처럼 구르고 내가 허리 가는 청년이어서 가만히 듣기에도 절로 서러워지는 아리랑조調 휘돌아가는 산골에 흰 구름이 바람 따라 연신 소나무 가지로 떨어진다.

2

나무와 나뭇가지로 머루 다래 넝쿨 얽히고 칡덤불 탱탱히 기어나갔는데 진달래 봉오리 반만 열렸고 푸른 남쪽 하늘 못 본 진달래 연분홍이 사뭇 새하야이. 썩은 나뭇둥걸 밑 다람쥐 달아나고 나는 송이를 하나 따 들었다.

3

도라지 삽주꽃 핀 양지쪽을 돌면 낙락장송이 있고 어둡기사 해도 어둠이야 온통 푸른 하늘빛 어둠. 산골 물소리 새뜻하기 이빨로부터 온몸이 시리다. 마른 목 축이고 겸해 발도 씻고 다시 일어서면 푸른 어둠 속에서 내가 난 줄도 몰라 새 우는 소리 잎이 피는 소리 푸른 나무가 흔들리는 소리. 절정에 올라서면 동해 바다가 쇄 — 하고 부서진다.

4

새, 꽃, 풀, 나무가 칠월 달 별처럼 어울렸는데 내가 알던 새 이름 풀 이름이야 열 손도 못다 꼽고 없어진다. 향기가 사향내 못지 않으리. 지팡이 멈추고 네 활개 벌리면 진정 나도 한 그루 나무로 잎새 우거질 듯싶다.

— 일월산日月山 기행

편경

푸른 구슬을 굴리는 듯한 소리. 버들 그늘에 꾀꼬리 우는 소리. 눈빛같이 하이얀 살결에 비둘기 속성을 지니고 소리가 하이얀 바탕에서 오색이 영롱하이.

쉰 길 물속에서 고기와 더불어 숨쉬고 바람결 따라 진주 웃음 먹고 자라 물오리 연꽃 봉오리 혼을 푸른 하늘 함께 목청에 감은 듯하이.

교향시

비조단장 悲調斷章

제1악장 무연 舞宴

안압지 푸른 물에 별빛 흐르는 밤
임해전 높은 다락 날으는 추녀 끝에
오색 꽃등이 피어오른다 풍경이 운다.

"거문고 가얏고랑 비파 소리에 애처러운 삼죽三竹이 어울려 넘어가면
육십 간間 마루 위에 휘도는 자대수紫大袖 고운 깁소매.

앵무배鸚鵡盃 술잔마다 피눈물을 담아 들고
미희美姬는 춤추노니 무심한 나비춤을……"

"자단침향紫檀沈香의 그윽한 무늬 속에
용포 자락으로 취한 눈을 가리우고
힘없는 손을 들어 임금 손수 따르는 술
천년 사직과 어린 백성들도 이 술 함께 드리노나."

2월 이 봄밤 꽃도 안 핀 반월성에
울어라 울어라 새여 네 설움에 울어라 새여.

제2악장 고별苦別

태자 "어인 울음소리 저 어인 울음소리
     서라벌 즈믄해의 늙은 용이 우는 소리.
     저 노래 저 춤이 다 모두 울음소리
     옳거니 낡이거니 울기도 하올 것이"

     월정교 돌다리를 넋 없이 밟고 오는
     이 나라 태자의 외론 그림자.

     이끼 낀 바위 위에 두 눈을 감으면
     활 잘 쏘던 풍월風月님네 말달리는 화랑들이
     임해전을 향하여 아우성치며 몰려오느니……

태자 "목마른 백성에게 칼 대신 물을 주어
     천년 이 문물을 송두리째 앗을 것을.

     값 헐한 비단옷 독한 사랑에
     어찌사 참을 것이냐 뼈에 사무치는 이 굴욕을……"

     태자는 놀란 듯 일어나 허리에 찬 긴 칼을 빼어 들었다.
     어둠을 쪼개고 그어지는 한 줄기 푸른 서슬에

눈을 뜨면 여기는 외로운 숲속
말굽 소리 칼 소리도 하나 없었다.

십팔만 호 너른 장안 구석구석이
고려 땅 노랫소리가 들릴 뿐이라.

태자는 울었다. 아름드리 고목을 끌어안고 울었다.
긴 칼을 풀밭에 던져 둔 채로……

가누지 못하는 여윈 몸을 석탑에 기대느니
솟아나는 두 줄기 눈물을 밟고
뚜렷이 떠오르는 백화白花의 얼굴.

백화의 　"신라의 병든 혼 구할 이는 동궁 마마 오직 그대 한 분뿐
망령　옥으로 부서지와 큰 뜻을 밝히소서.
　　　사랑을 위하야 목숨도 바치오니
　　　외로운 넋이 구천에 울고 헤매게 마옵소서."

낙랑樂浪이 시새우던 마음 고운 서라벌 딸 백화 아씨는
싸움 싸울 태자께 잊힐 양으로
칼을 물고 저승으로 먼저 갔니라.

태자   "어저 내 일이여 이 일을 어이 하리
　　　　이 겨레 이 하늘 버리고 내 어이 흘러가리

　　　　보뱃자리 버린단들 내 무슨 한 되리만
　　　　천지에 가이없는 임자 없는 이 백성을"

　　　　자욱마다 자욱마다 걸음 아끼며
　　　　계림 옛 숲을 울고 가는 태자의 설운 그림자.

태자   "묻히리 묻히리랏다 청산에 묻히리랏다
　　　　베옷 입고 바위 구렁에 내 홀로 묻히리랏다.

　　　　벗으리 벗으리랏다 이 괴롬 내 모두 벗으리랏다
　　　　뫼이여 하늘이여 내 설움 네 아는다.

　　　　구름에 싸여 구름에 싸여 청산에 묻히리랏다
　　　　머루랑 다래랑 먹고 내 홀로 살어리랏다."

제 3악장 애모哀慕

공주   "내 왜 온고 내 왜 온고 서라벌을 내 왜 온고 사랑 곧 잃으면 울고 갈 길인 것을…."

침실을 빠져나온 낙랑공주는
돌난간에 기대어 하늘을 본다.

죽은 듯 고요한 이 봄밤을
청댓잎 그늘에 달이 지느니

지새는 달빛에 귀밑구슬이 아롱지고
선 두른 흰 옷자락이 바람에 날린다.

공주 "서라벌 우러름은 님으로 해 우러른 것
      님 여읜 이 서블을 무삼 일 내 있으리."

애련한 목청이 태자를 부르건만
말없는 밤하늘엔 뻐꾸기가 울어 피를 뱉고 울어…….

공주 "가오리다 가오리다 영영 잊고 가오리다
      이 몸 바리고 가신 님을 나도 영영 잊으리다."

돌난간에 쓰러진 채 두 볼을 부비는 공주 가까이
아련히 살아오는 태자의 뜨거운 손길.

태자의 "고려의 누이여 가여운 미끼야 너의 고국으로 돌아가거라.
환영   그리고 우리 다시 일곱 번 사람으로 태어날지라도
     두 번을랑 되지 말자 흥국의 공주와 망국의 태자."

     서천西天에 우러러 달은 지고 긴 처마 함초롬 이슬에 젖는데
     당흥 염통에 장미꽃이야 깨물어 피 터진 진주 입술.

공주   "잊으리 잊으리잇고 나는 어이 잊으리잇고
     어진 양자 비단 마음 나는 다 잊으리잇고
     님께서 날 잊으시면 이 몸도 잊을 것이
     님도 날 못 잊으심을 내 어이 잊으리잇고."

     종곡終曲 고허故墟
     ─ 마의태자의 혼과 더불어

합창   "보리 이랑 우거진 골 구르는 조각돌에
     서라벌 즈믄해 수정 하늘이 어리었다.
     무너진 석탑 위에 흰 구름이 걸리었다.
     새 소리 바람 소리도 찬 돌에 감기었다.
     잔 띄우던 굽이물에 떨어지는 복사꽃잎
     옥적玉笛 소리 끊인 곳에 흐느끼는 저 풀피리."

326

태자   "비 오나 눈이 오나 첨성대 위에 서서
　　　　하늘을 우러르는 나의 넋이라."

합창   "사람 가고 대臺는 비어 봄풀만 푸르른데
　　　　풀밭 속 주추조차 비바람에 스러졌다.

　　　　돌도 가는구나 구름과 같으온가
　　　　사람도 가는구나 풀잎과 같으온가.

　　　　저녁놀 곱게 타는 이 들녘에
　　　　끊겼다 이어지는 여울물 소리.

　　　　무성한 찔레숲에 피를 흘리며
　　　　울어라 울어라 새여 내 설움에 울어라 새여."

잔디밭에 누어

하늘을 본다

산 넘어로 흰 구름이

나고 죽는 것을

목화 따는 색시는

잊어 버렸다

이력서

본적

차운 샘물에 잠겨 있는 은가락지를 건져 내시는 어머니의 태몽에 안겨 이 세상에 왔습니다. 만세를 부르고 쫓겨나신 아버지의 뜨거운 핏줄을 타고 이 겨레에 태어났습니다. 서늘한 예지의 고향을 그리워하다가도 불현듯 격하기 쉬운 이 감정은 내가 타고난 어쩔 수 없는 슬픈 숙명이올시다.

현주소

서울특별시 성북동에 살고 있습니다. 옛날에는 성 밖이요 지금은 시내 — 이른바 '문안 문밖'이 나의 집이올시다. 부르주아가 될 수 없던 시골 사람도 가난하나마 이제는 한 사람 시민이올시다. 아무것이나 담을 수 있는 빈 항아리, 아! 이것도 저것도 될 수 없는 몸짓 이나의 천성은 저자 가까운 산골에 반생을 살아온 보람이올시다.

성명

이름은 조지훈이올시다. 외로운 사람이올시다. 그러나 늘 항상 웃으며 사는 사람이올시다. 니힐의 심림深林 속에 숨어 있는 한 오리 성실의 풀잎이라 생각하십시오 고독한 향기올시다. 지극한 정성을 오욕의 공功과 바꾸지 않으려는 가난한 마음을 가진 탓이올시다.

연령

나이는 서른다섯이올시다. 인생은 칠십이라니 이쯤 되면 반생은 착실히 살았나 봅니다. 틀림없는 후반기 인생의 한 사람이지요. 허지만 아직은 백주 대낮이올시다. 인생의 황혼을 조용히 바라볼 마음의 여유도 지니고 있습니다. 소리 한 가락 춤 한 마당을 제대로 못 넘겨도 인생의 멋은 제법 아노라 하옵니다.

경력

반생 경력이 흐르는 물 차운 산이올시다. 읊은 노래가 한결같이 서러운 가락이올시다. 술 마시고 시를 지어 시를 팔아 술을 마셔 — 이 어처구니없는 순환경제에 십 년이 하루 같은 삶이올시다. 그리움 하나만으로 살아가옵니다. 오기 전 기다리고 온 뒤에도 기다릴 — 묘막한 우주에 울려 가는 종소리를 들으며 살아왔습니다.

직업

직업은 없습니다. 시 못 쓰는 시인이올시다. 가르칠 게 없는 훈장이올시다. 혼자서 탄식하는 혁명가올시다. 꿈의 날개를 펴고 구만리 장천을 날아오르는 꿈, 육척의 수신장구로 나는 한 마리 학이올시다. 실상은 하늘에 오르기를 바라지도 않는 괴롬을 쪼아 먹는 한 마리 닭이올시다.

재산

마음이 가난한 게 유일의 재산이올시다. 어떠한 고난에도 부질없이 생명을 포기하지 않을 신념이 있습니다. 조금만 건드려도 넘어질 사람이지만 폭력 앞에 침을 뱉을 힘을 가진 약자올시다. 패자敗者의 영광을 아는 죽음을 공부하는 마음이올시다. 지옥의 평화를 믿는 사람이올시다. 속죄의 뇌물 때문에 인적이 드문 쓸쓸한 지옥을 능히 견디어 낼 마음이올시다.

거짓말은 할 수 없는 사람이올시다. 참말은 안 쓰는 편이 더 진실합니다. 당신의 생각대로 하옵소서 ― 공자孔子 일생 취직난이라더니 이력서는 너무 많이 쓸 것이 아닌가 하옵니다.

인쇄공장

모래밭을 스며드는 잔물결같이

잉크 롤러는 푸른 바다의 꿈을 물고 사르르 밀려갔다.

물새인 양 뛰어 박힌 은빛 활자에 바야흐로 해양의 전설이 옮아
간다. 흰 종이에도 푸른 하늘이 밴다. 바다가 젖어든다. 파열할 듯
나의 심장에 진홍빛 잉크, 문득 고개 들면 유리창 너머 난만히 뿌려
진 청춘, 복사꽃 한 그루.

백접白蝶*

한
노래
별 섬겨
꽃 피는 밤
작은 장송보
가슴 가을 되고
기쁜 노래 숨진 뒤
조촐히 사라진 백접
너는 갔구나 잊히지 않는
하이얀 화판 고운 상장아
병들거라 아픈 가슴
가슴에 눈물 지고
정가로운 눈물
고요히 지라
슬픈 피리
불다가
꽃진
밤

* 이 시는 날개를 편 흰 나비의 모습을 시각화한 형태이다. 창작 의도를 살려 세로쓰기로 적되, 왼쪽에서 오른쪽으로 읽도록 편집했다.

꽃피는 얼굴로는

너 이글이글 타는 눈으로
나를 보지 말아라.

나는 시간과 공간을 잊어버린 사람
영원과 찰나를 혼동하는 사나이
일체가 아니면 무無를—

잠재워 둔 사랑의 욕구에
불을 붙여서는 안 된다.

너 활활 달아오르는 꽃피는 얼굴로는
나를 보지 말아라
꿈과 생시生時는 같은 것을—

이율배반

모든 사람을
다 사랑하는 듯 실상은
한 사나이밖에 사랑할 수 없는
아름다운 거짓, 잔인한 진실의 화신
너 모든 여인의 이름이여!

한 사람만을 사랑하는 듯
마침내 모든 여인을
다 사랑하는
어리석은 관용, 아름다운 몰락의 상징
너 모든 사나이의 이름이여!

비련悲戀

　저 푸른 하늘 아래 어디엔들 꽃 피는 마을이 또 없을라구, 불붙는 눈매에 이끌리어 허덕이며 따라간 사나이는 겹겹이 닥쳐오는 얼음 속을 외로이 방랑하다가 거대한 맘모스의 어리석은 화석으로 누워 있는데 오늘도 언덕 너머 그 여인이 사는 집 들창가에는 누구의 아기를 잠재우는가 자장가 소리 ―. 세월은 이렇게 겨울이 가고 또 한번 봄철을 가져오는데…….

비가悲歌*

미워하지 말아라
미움은 괴로운 것
사랑하지 말아라
사랑은 더 괴로운 것.
그 집착의 동굴 안에
우리가 찾을 것은
마침내 슬픈 이별의 수맥!
아 그 하늘 아래
그 물을 마시고 살아야 하는
태초 이래의 비련悲戀의 계시 속에
너는 있어라.
검은 머리 파뿌리 되기에도
세월은 이다지 지루하고나.

• 《신동아》(1968. 7.)에서는 제목이 '연가戀歌'이다.

재단실

네 개의 거울 사이에서 나는 당황한다.
네 개의 거울 사이에서 무수한 나를 찾아낸다.

이 무한한 나 속에서 나 같은 나를 찾으면
오른쪽 거울 쪽으로 보이는 스물셋의 '나'
왼쪽 거울 속으로 보이는 스물셋의 '나'
스물셋의 나의 얼굴은 같지가 않다.

어느 것이 진실로 나인가
단 혼자 다가서는 나 앞에 있는 '나'
여럿이 숨어 있어도 볼 수 없는 나 뒤에 있는 '나'
나를 찾아 맴돌면 나는 없어지고 만다.

나 같은 나를 대면하는 날 나는 슬프리.
나 아닌 나를 나는 사랑한다.

참회

샤를 보들레르여 난 그대를 읽은 것을 뉘우치노라
오스카 와일드여 난 그대를 읽은 것을 뉘우치노라
이백이여 두자미여 랭보여 콕토여
무엇이여 무엇이여 난 그대를 읽은 것을 뉘우치노라
뉘우치는 그것마저 다시 뉘우치는 날 들창을 올리고 담배를 피
운다 담배를 피우며 창을 내린다.

화비기華悲記*

　　백공작白孔雀이 파르르 날개를 떤다. 파란 전등이 켜진다. 백랍 같은 손가락을 빤다, 빠알간 피가 솟는다. 피는 공작부인孔雀夫人 가슴에 얼굴을 묻고 눈물도 아픈 즐거움에 즐거움은 가슴을 쪼다. 아흰 꽃이 피는 빈 창밖으로 호로 마차가 하나 은빛 어둠을 헤치고 북으로 갔다. 나어린 소녀에게 의로운 피를 잃고 이름도 모를 굴욕에 값싼 웃음을 파는 매춘부, 나는 귀족 영양令嬢의 음락의 노예란다. 하이얀 전등을 부수고 하늘빛 구슬을 빨자. 알콜을 빨면 푸른 정맥이 동맥이 된다. 바다가 된 육지다. 파선된 침실이다. 정열이 과잉되면 생활은 모자라 슬픈 자극은 한밤의 비극을 낳는다. 나는 대체 죽었느니라.

* 《문장》(1939. 4.) 추천 탈락작이다. 《신동아》(1968. 7.), 《조지훈 전집》(1996)에서는 제목이 '화련기華戀記'이며, 시어 '비극'이 '연극戀劇'으로 표기되었다.

풍류원죄 風流原罪

나비 같은 넥타이를 매고 막걸리를 마시는 것은 멋이다.

먼지밖에 남은 것이 없는 주머니 속에서 의리를 얘기하는 것은 멋이다.

낯선 저자를 떠다니며 이름도 모를 약을 파는 사람들. 낡은 깽깽이와 하늘이 무거운 물구나무 ─ 끝내 고향은 버리는 게 멋이다.

썩은 멋에 사는 세상에 새우젓 며루치젓만 먹는 것이 멋이다.

산에 가도 너를 생각한다. 바다에 가서도 너를 생각한다. 시사일비 時事日非 ─ 왜 이렇게 쓸쓸하냐.

산에도 가지 말고 바다에도 가지 말고 어질지도 말고 슬기롭지도 말고 어리고 못나게 돌아앉아 흐렁흐렁 막걸리나 마시면서 살꺼나.

하이얀 탈지면에 싸문 서릿발 ─ 조그만 짜개칼로 손톱 발톱이나 깎고 피 한 방울만 내며는 멋이다.

원수가 많아서 원수가 없는 날에는 원죄는 내가 지고 죽는 것이 멋이다.

아니 채약採藥을 해 먹고라도 사는 게 멋이다.

계산표

육십칠 분의 노동대가 일금 오五 전야錢也. 막걸리 일 배盃 일금 오 전야. 막걸리 일 배 쾌음快飮 소요 시간 이십삼 초. 육십칠 분과 이십 삼 초의 나의 정가定價는 오 전. 오 전에 괴롭고 오 전에 즐거우니 육 십칠 분에 괴롭고 이십삼 초에 즐거웁다. 이 술이 들어가면 이십사 시간 후에 오장육부에서 자극을 섭취하고 꿈을 먹고 남은 뒤 모든 것 에 여과당하여 배출되리니 아 ― 육십칠 분의 잉여가치. 아니 이십삼 초 즐거움의 대상代償.

귀곡지 鬼哭誌

애비 없는 아들보다도 애비의 자식됨이 더욱 서럽다. 할애비의 아들보다 유산은 작아 슬픈 족보를 뒤져보는 마음이여! 지나간 시절에는 그래도 명문의 후예 신수 좋은 얼굴에 수염을 쓰다듬으면 대청 사랑방 놋재떨이 소리가 요란했다. 솟을대문 기와집이 오막살이로 찌그러지던 날 뒷산 밑 허물어진 사당에선 눈가 짓무른 신주神主 우는 소리가 났단다. 아들이 나면 하얀 백설기에 미역국 끓이고 삼신할머니 앞에 복을 빌었다건만 염소수염을 쓰다듬고 노루기침을 하면 양반兩班된 비극에 하얀 발바닥이 서러웠다.

공작 1

고웁다
하얀 잎새
태고연太古然의 꿈
흰 별 파란 별
오색빛 방울꽃에
나는 마구 현운眩暈이 난다.

공작 2

부챗살이뇨
아니라 아니라 — 관능의 퍼머넌트.
태양이 장난감처럼 돌아가다
화려한 성욕이다.

고개를 돌리고 나래를 떨면
파르르 — 어디서 별이 지능기요.
자라서 세 번 나의 별 속에 연인이 묻혔어요 —

갈蝎 •

1

금이빨이 갈보 클레오파트라의 백골의 영혼 지배인 영감의 악어 피 지갑 오 — 남경충南京虫이여 풍만한 독소로다. 십사관十四貫 내 피부에 대보름달 중현월中弦月 달을 뜨이게 하자.

2

이 족속의 불러 오르는 배는 매담 피. 삐. 씨. 띠. 실로 무수한 유한有閑 마님 복스런 유방을 장식할 금고랍니다.

3

생김새는 월금月琴 — 아 향기는 바로 여우 냄새다. 손가락으로 문질러 벽에다 처형하면 혈죽血竹을 그린다.

• 《백지》(1939. 10.)에서는 제목이 '남경충'이다.

진단서

현운眩暈

꽃이여 피도다. 하루에도 백합화.

조춘早春이다. 뒷마루에 칠보七寶 태양이요 고양이가 방울꽃을 먹고 수정을 한다.

조춘이다. 뜰 앞에서 무지개를 타고 봉황공작 꿈을 꾸고 암탉이 수정을 한다.

조춘이다. 들녘에는 풀도 많던데 양식차초羊食此草 일일백합一日百合 염소가 수정受精을 한다.

잎은 푸르다. 살살이 퍼져 오른 생식세포로 호드기 잘 불던 복이놈 물방아집 처자가 능수버들 많다는 천안삼거리로 도망을 갔는데두 갓모루 바윗골에 원앙새 춤을 춘다.

백구白鳩야! 구구 울어라 현현운운眩眩暈暈. 어지럽다 어지러운 연륜이 돌아가도다 신경쇠약야神經衰弱也.

섬나라 인상印象

섬
보고 돌아온
섬의 인상은

세 가지 빛깔의
조그만 파라솔.

현해탄
무한한 타원형으로 퍼져 가는 이 해면을 육중한 기선汽船은 조용히 옮겨 간다. 갑판 위에는 달빛이 쏟아지고 나의 열 오른 뺨을 말없는 슬픔이 치댄다. 적도 가까운 항로에로 나의 고향이 멀어진다. 마스트 끝에 퍼덕이는 깃발.

시모노세키
항구의 냄새는 소금에 절은 갯비린내, 이 부두에는 현란한 오색 테이프가 없다. 낡은 트렁크를 들고 이등선실을 나서면 열대식물이 호외戶外에서 유연하다. 나의 혈관에도 난류가 스며든다.

도카이도선 연변
바다 가까운 마을에는 하늘이 더 푸르고 잎새 떨어진 감나무 붉은 열매와 노란 귤이 난만하다.

대나무 숲 사이로 보이는 것, 새빨간 동백꽃, 그 화판花瓣 너머에서
바다가 부서진다. 들길에는 하이얀 갈대꽃이 우거졌다.

세토 내해
차창에 나부끼는 배꽃 잎새
그건 떼 지어 날으는 갈매기 날개

여기 기차는 바로
중세기 고풍의 요트 같구나

나무와 나무 사이로 바다가 보인다
집과 집 사이로 바다가 보인다
구름과 구름 사이로 바다가 떠오른다
바다와 바다 사이로 구름이 떠오른다.

이쓰쿠시마
바닷속에는 작은 섬이 있고
섬 가운데는 작은 시내가 있다

창문을 열어 놓고
휘파람이라도 불어 볼꺼나
밀물이 오면.

아라시야마
아라시야마의 단풍은
따끈한 정종 냄새가 난다.

교토
은행잎새 너머로
뜨는 달을 따라가면

외로운 게다 하나
골목 밖으로

샤미센 소리처럼
흘러갔었다.

대화편

새하얀 바람에는
새빨간 넥타이로
ㅡ손이 절로 가는 걸 어쩌나.

얇은 햇살에 흰 머리칼
반짝이는 한두 오리를
ㅡ늙기도 정말 어렵네그려

짐짓 단장短杖을 짚고
나목裸木 숲 샛길로 접어든다
ㅡ걱정이야말로 걱정이지

청춘이란, 혀끝으로
가벼이 음미하는 것
ㅡ나도 옛날엔 그랬었다.

아 침잠하는 식욕
깊숙한 곳의 꿀을……
ㅡ아득한 산하에 눈이 내리리라.

행복론

1

멀리서 보면
보석인 듯

주워서 보면
돌멩이 같은 것

울면서 찾아갔던
산 너머 저쪽.

2

아무 데도 없다
행복이란

스스로 만드는 것
마음속에 만들어 놓고

혼자서 들여다보며
가만히 웃음 짓는 것.

3

아아 이게 모두

과일나무였던가

웃으며 돌아온
초가삼간

가지가 찢어지게
열매가 익었네.

병에게

어딜 가서 까맣게 소식을 끊고 지내다가도
내가 오래 시달리던 일손을 떼고 마악 안도의 숨을 돌리려고 할
때면
그때 자네는 어김없이 나를 찾아오네.

자네는 언제나 우울한 방문객
어두운 음계를 밟으며 불길한 그림자를 이끌고 오지만
자네는 나의 오랜 친구이기에 나는 자네를
잊어버리고 있었던 그동안을 뉘우치게 되네

자네는 나에게 휴식을 권하고 생生의 외경을 가르치네
그러나 자네가 내 귀에 속삭이는 것은 마냥 허무
나는 지그시 눈을 감고, 자네의
그 나직하고 무거운 음성을 듣는 것이 더없이 흐뭇하네

내 뜨거운 이마를 짚어 주는 자네의 손은 내 손보다 뜨겁네
자네 여윈 이마의 주름살은 내 이마보다도 눈물겨웁네
나는 자네에게서 젊은 날의 초췌한 내 모습을 보고
좀 더 성실하게 성실하게 하던
그날의 메아리를 듣는 것일세

생에의 집착과 미련은 없어도 이 생은 그지없이 아름답고

지옥의 형벌이야 있다손 치더라도
죽는 것 그다지 두렵지 않노라면
자네는 몹시 화를 내었지

자네는 나의 정다운 벗, 그리고 내가 공경하는 친구
자네가 무슨 말을 해도 나는 노하지 않네
그렇지만 자네는 좀 이상한 성밀세
언짢은 표정이나 서운한 말, 뜻이 서로 맞지 않을 때는
자네는 몇 날 몇 달을 쉬지 않고 나를 설복하려 들다가도
내가 가슴을 헤치고 자네에게 경도傾倒하면
그때사 자네는 나를 뿌리치고 떠나가네

잘 가게 이 친구
생각 내키거든 언제든지 찾아 주게나
차를 끓여 마시며 우리 다시 인생을 얘기해 보세그려

8 부

새 아침에

紫檀香 연기에 얼골은 부비며

얼지도 못하는 밤이 있습니다

하늘은 있어

하늘에 삼아도 우러러 받드는

구름밖에 구름밖에 높이 나는 새

창턱에 묻인 힌 빰을

바람이 먼저 주는

밤이 깃을 나자

겨레 사랑하는 젊은 가슴엔

겨레 사랑하는 젊은 가슴엔
한 송이 꽃보담도 한 치의 칼을······
뼈아픈 어둠 속에 입술을 물며
불타는 나의 혼이 나의 청춘이
여기 방황하는 물결 속에
울며 외친다 그 울음 구천에 사무치도록
꽃과 새와 바람도
조국을 근심하여 웃지 않는 곳
겨레 위하여 사랑 않는 가슴에
끓어오르는 이 피를 네가 듣느냐
겨레 배반하는 스승과 벗들을
다시 배반하고
혼자라도 가야 할 길이 있나니
병든 혁명의 녹슨 칼날에
불타는 영혼이 무찔릴지라도
온 겨레 우러르는 나의 하늘에
무슨 회한인들 남길 것이랴
인류문화 오천 년 낡은 역사 위에
새로운 태양이 솟아오는 날
내 눈물에 내 영혼이 다시 씻기리
아아 나라 사랑하는 젊은 가슴엔
한 송이 꽃보담도 한 치의 칼을······

마음의 비명碑銘
김구 선생의 영여를 보냄

당신은 흰 두루막을 입으신 채 돌아가셨습니다.
가슴에 박힌 총알 한 개 때문에 항시 허공에 비스듬히 기대어 계시던 당신이

오늘은 가슴 한복판을 헤치고 사랑하는 젊은이가 쏘는 네 개의 총알을 받으면서 책상 앞에 기도를 드리듯이 그렇게 가셨습니다.

아 당신은 무엇 때문에 비바람 치는 남의 땅에 달아나 꿈길에서마저 원수를 찾아 헤매었습니까. 진실로 누구를 위하여 주린 허리띠를 졸라매고 원수의 목에 푸른 비수를 겨누어 왔습니까.

겨레를 근심하기에 겨레의 원수를 참을 수 없기에 힘으로써 힘을 갚는 거룩한 피의 법도 앞에 당신이 스스로 간肝에 새기시던 뉘우침은 그대로 우리들의 빛이었습니다.

원수를 사랑하던 동방의 별 마하트마 간디가 저주받은 총알에 죽은 오늘 원수를 무찌르던 당신이 어찌 찬란한 꽃다발을 생각이나 하였겠습니까.

조국을 위하여 몸을 바치고 죽음 앞에 허심한 당신의 가슴은 칠십 평생이 이렇게 지루하였습니다.

하늘은 어찌하여 원수의 총알이 아닌 같은 겨레가 쏘는 총알을 당신에게 마련하였습니까. 반석 위에 놓인 나라가 아니고 양단兩斷된 국토 원한의 땅 위에 당신의 주검을 부르신 것입니까.

당신은 이제 당신의 꾸밈없는 말씀이 사람의 가슴을 어떻게 흔드는 것을 모르십니다. 당신의 하신 일이 먼 훗날 어떻게 남을 것을 모르십니다.

다만 당신이 지니신 불타는 영혼과 티 없는 마음만을 이 조국의 하늘이 알아줄 것입니다.

겨레를 깨우치는 값있는 희생으로 한갓 육신을 고토故土에 묻으시고 당신의 영혼은 왜 또 상해 중경의 그 옛날로 다시 돌아가십니까.

아! 이제 여기 남을 것은 차운 산 한 조각 돌에 새긴 '대한민국임시정부 주석 백범 김구'가 아니라 삼천만 겨레의 가슴 깊이 대대로 이어갈 비바람에도 낡지 않을 마음의 비명碑銘입니다.

당신의 너무나 소박한 순정을 우리가 압니다, 당신의 피어린 슬픔을 우리가 압니다, 보람을 우리가 압니다.

새 아침에*

불의를 미워하는 노여움 때문에
한 살 더 먹는 나이가 오히려 젊어진다

때 묻은 융의로 설빔을 해도
그리운 것은 눈 덮인 북악의 뫼뿌리

한 잔의 도소屠蘇를 사양함은 차라리
한 말의 도적 피가 마시고 싶기 때문

애련에 병든 혼을 채찍질하여 이제
주검으로 지킬 의지의 관문이여

나라를 사랑함이 무엇인 줄 내 모르나
옳고 그름을 헤아릴 줄은 아는 것

진실로 나의 양심을 위하여
웃으며 무찌를 수 있는 나의 신명身命아

괴로운 것은 죽음에까지 따라오는 허영이다
살아 떳떳이 이긴다 맹서盟誓하라

내 여윈 살 한 점을 저며서라도

안주 삼아 마시고 싶은 도적의 피

명기銘記하라 세월이여
눈물 많은 시인이 이 아침에 총을 닦는다.

•   육필원고에서는 제목이 '신묘명辛卯銘'이다.

관극세모 觀劇歲暮 *

1951년이 저문다
역사의 분수령이 또 하나 침몰한다
후반기라는 꿈 많은 훈장은
동란한국의 가슴 한복판에 달아 주라

사르트르의 〈붉은 장갑〉이 흥행되는
어느 극장의 창밖으로 때마침 붉은 불자동차가 달린다.

불이 붙었다 불이 탄다
스스로의 불길에 회신灰燼하는 공산주의……

인간으로 환원한 위고
위고는 어린 말그리드처럼 이미 죽음으로 구원받았는데

루이가 끝내 임종하는 위고의 손가락 끝에 죽어야 한다는 것이
쑥스럽고나

가슴이 답답하다 바늘구멍이라도 뚫어 봐야 내 생명이 숨을 게
아니냐

기관지에 쥐구멍이라도 뚫어야
뇌일혈이 방지될 게 아니냐

연극이 성장하기 위해서는 풍토가 연극을 배신한다
배신자 사르트르가 배신하는 연극 앞에 홍소哄笑한다
산 인간을 존중하라 정치여 — 외드레르
산 예술을 존중하라 정치여 — ABC

프롬프터 소리가 크게 들리어도 좋다
테이블 보자기가 늘 같은 것뿐이어도 좋다
혹은 앞에서 쏘는 총소리가 뒤에서 나도 좋다
또 혹은 역량의 차差가 무대 위에 불을 이루지 못해도 좋을 수밖에
없다
관객석에 감전하는 XYZ

사르트르여 실존은 절망의 피안에 있다고…… 흥 절망이 또 실존
의 피안에 있다

1951년이 저문다
좋아 —

역사의 분수령이 또 하나 침몰한다
좋아 —

• 〈관극세모〉는 시인이 연극 〈붉은 장갑〉(김광주 번역, 이진순 연출, 극단 신협 공연,
  1951)을 본 감상을 시로 쓴 것이다. '붉은 장갑'은 사르트르의 희곡 〈더러운 손〉의
  한국어 번역본에 붙은 제목이다.

너의 훈공으로

보라매여! 네 이름은 해동청海東青 너의 조국은 한반도다. 오뉴월 젖빛 구름 속에 날개를 솟구치다가 칠팔월 드높은 하늘 셀룰로이드 같이 매끄러운 창공에 회리바람을 일으키며 너는 미끄러진다.

보라매여! 너는 길들인 사냥매 너의 기지는 손바닥이다. 그리고 또 어깨다. 아무리 날랜 새라도 너 앞에는 느림보 덮쳐서 움켜쥐고 돌아오는 네 깃털 위에 이는 바람이 향기롭다.

보라매여! 너는 한국의 공군 너의 고향은 하늘이다. 네 날개는 조국애 너의 동력은 민족의 피다. 날개 부서지고 염통마저 터지면 너는 만춘의 꽃잎처럼 벽공에 휘날린다.

보라매여! 너는 대공大空의 성벽 너의 싸움터는 하늘이다. 꽃다운 혼이여 강의鋼毅의 육신이여 오늘 가볍게 날아라 아름답게 휘돌아라 눈 부릅뜨고 지켜라 진실로 허심히 너의 훈공으로 백백白白이 빛난다.

"FOLLOW ME"
○ ○ 비행장에서

이른 봄 남쪽 어느 비행장에는
아득히 물러선 연봉連峰 위에 보랏빛 구름이 어리고
보이지 않는 하늘에서
종달새도 여기 와 운다.

"FOLLOW ME" 푸른 대기 속에
나직이 속삭이는 종달새는
아직도 하늘에 살고 있는
어린 시절의 나의 꿈

오늘 하늘을 날으는 기상機上에 앉아
내 다시 마음의 날개를 펴노니
손수건이라도 흔들고 싶다
하늘을 날면서 문득 사랑을 생각함은

소망이란 이루어지면 가엾이 허전하기 때문
영원의 결별이란 얼마나 아름다울까
"FOLLOW ME" 종달새는
저편 언덕에 내려앉는다.

하늘을 지키는 젊은이들

하늘은 우리의 고향
그리고 또 하늘은 우리의 서울
떠나서 그리움에 우리 항시 고개 들어 하늘을 바라본다.
검은 흙 위에 발을 디뎠기에
우리 가고 싶은 마음의 전당을 하늘에 둔다.
푸르고 밝은 하늘에 검은 구름이 끼어도
구름을 걷는 것만이 우리의 뜻이 아니라
예대로 푸른 하늘을 보는 것이 우리의 소망
육신만으로는 욕된 세상을 어쩔 수가 없어서
새삼스레 마련한 은빛 영혼의 날개
그대 떠나서 다시 돌아오지 않아도
서러울 리 없는 고향의 하늘에.
인정과 의리를 저버리면
삶과 죽음은 한갓 욕될 뿐
제 마음대로 어쩔 수 없는 삶과 죽음을
제 마음대로 바쳐서 가는 길에 하늘이 열린다.
열리는 하늘은 그대로 우리 영혼의 서울
아아 푸른 하늘빛 옷을 입은 병정들아
맑은 하늘의 뜻을 받듦이 정의라고 믿어라
하늘을 지키는 것이 사람길을 밝힌다고 믿어라.

Z 환상

알파벳은 끝이 났다
다시 A로 돌아갈거나
프로펠러가 없는 Z기機.

그 서러운 절정에서는
살육이 꽃을 피운다.

절정을 넘어서면
썩은 피 포효하는 바다가 있을 뿐

삶을 위하여 죽음은 차라리
알파요 오메가다.
프로펠러도 없는 1952년

성전에서 들리는 기도의 합창
날라리 부는 공산주의의 잔해

그 속으로 휴머니즘의 시위행렬이 간다.
구호도 없는 플래카드
오백분지 일 초 속에도 현재는 없다
프로펠러가 없는 실존의 기체

절망만이 추진하는
아 ─ 너는 Z의 세기
구원의 소리는 아직도 들리지 않는다
이상은 항시 초음속
의미 없는 낡은 깃발을 찢어라.

강용흘 님*을 맞으며

즉석에서

우리 다 함께 그리워하는 하늘이 있어
그 눈동자 하늘보다 맑고 푸르른 이 있어
반 남아 흰 머리털을 날리며
생에 불타는 정열은 한갓 미소를 지니고
그의 이제 고국의 쓸쓸한 황톳길에 돌아오시다.

오로지 바라고 꿈꾸고 노래하는 것
자유의 국토를 ○ ○ ○ ○**

오늘 여기 아무 권세에 야욕 없는
선비들 손길을 만지며
그의 꿈이 잠시 꽃다웁기를 비노니

죄 없는 사람 서리에는
어둔 밤에도 하늘은 밝고
주리면서도 착한 애기의 꽃이 피리라.

* 강용흘(姜鏞訖, 1898~1972)은 3·1 운동 후 옥고를 치르고 미국으로 건너가 하버드 대에서 공부했다. 1931년 자전적 영문소설 〈The Grass Roof〉를 발표했으며, 1932년 구겐하임상을 수상하였다.
** 원고의 결락 부분.

8·15송頌

새 공화국에 부친다

8월은
해방의 달 자유의 달
원수의 압제에서 사슬을 끊고
환희의 웃음보단 차라리
지순한 감루感淚에 젖었던
아 보름 해 전 8·15여

그날의 맹세를 잊었는가
잊지 않았거든 돌아가자
그날의 그 마음으로 ㅡ.

도적에게 짓밟힌 서른여섯 해
그 아픈 상처가 아물기 전에
동족끼리 물고 뜯은 열다섯 해
그 오욕이 가시기 전에
아 어김없이 되돌아온 8·15여

지난날의 죄책을 뉘우쳤는가
뉘우쳤거든 일어나거라
오늘의 이 마음으로 ㅡ.

8월은

열망의 달 염원의 달
배신자의 독재에서
그 아성을 무너뜨리고
회억回憶의 눈물보다 차라리
앞날의 꿈에 불타는
아 보름 해 뒤 8·15여

지쳐서 쓰러진 백성들이
불쌍하지 않은가
불쌍하거든 소생시키라
그날의 그 마음으로―.

입술을 깨물며 허리띠를 졸라매고
몇 대를 살아왔노 원통한 백성들
백성의 마음은 하늘이니라
참다못해 터져 오른 이 혁명의 격류 속에
아 민주의 명절 8·15여

백성의 본분을 깨달았는가
깨달았거든 지키자
오늘의 이 마음으로―.

민주주의는 살아 있다
경향 속간의 소식을 듣고

죄인이라 할지라도 말하는 자유는 뺏지 못한다.
원수가 아무리 밉다 해도 그 입을 막을 수는 없다.

그것을 뺏는 것은 죄, 그것을 막는 것은 불의 ―
이는 말 없는 하늘 뜻이어니 그 율법이 마침내 언론의 자유를
길이 보장함을 우리는 안다.

부당한 일이 바로잡혀지는 이 당연을
환호하는 것은 불쌍한 백성의 부끄럼일지라도
모든 것이 뒤죽박죽이 된 어지러운 세월에
결연히 내려지는 이 정법의 쾌도는 바로
불신의 세기를 구원하는 종소리어라.
그 종소리 앞에 어진 백성은 흐느껴 운다.

막혔던 귀에 그 소리는 천지개벽의 우렁찬 첫 폭음,
막혔던 입에 터져 나오는 음성은 눈부신 빛의 송가!

이럼으로써 백성은 나라를 근심하는 그 지성에
굳은 맹세와 간절한 기도를 더하리라.

아 법은 살아 있다. 법은 믿을 수 있다. 법이 법을 지키듯이
자유는 죽지 않는다. 자유는 죽일 수 없다. 자유만이 자유를 수호

한다.

　아 우리는 말할 수 있다. 민주주의는 살아 있다. 우리는 아직도 살 수 있다.

계명戒銘
1961년을 위하여

올해는

잊어버린 꿈을 모조리 되찾아야겠다.
눌리고 짓밟히는 정신을 가누려고
분노와 저주에 몸부림치던 영혼을 가다듬어
내면으로 충실한 과일을 익혀야 하는 -
올해는

풍성한 꿈으로 정열에 지성을 아울러야 한다.
반항이란 아무리 의로운 것일지라도
그것만으로는 공소空疏한 의지
행동을 율律하고 희생의 올바른 값을 위해선
안 된다는 외침 전에 '이렇게'라는 주장이 있어야 하는 -
올해는

허리띠를 졸라맬 새로운 진지를 쌓아야겠다.
싸움은 이겨야 하는 것 큰 한 목적을 이룩하자면
받을 수 없는 욕구를 절제하고
양보할 수 있는 극한의 선을 먼저 그어야 한다.
지성의 자유, 정신의 자유, 문화의 자유 그것의 보장을 위해서 -
올해는

우리 모두 가슴을 헤치고 일어서야 한다.
망멸하는 조국 앞에
팔짱 찌르고 바라보는 나약한 초연에서 탈출하여
뛰어들어라 성실은 하늘도 움직인다.
다 함께 역사 앞에 책임지는 죄인이 되자. 증인이 되자.

올해는—.

호상명 虎像銘

민족의 힘으로 민족의 꿈을 가꾸어 온
민족의 보람찬 대학이 있어

너 항상 여기에 자유의 불을 밝히고
정의의 길을 달리고 진리의 샘을 지키느니

지축을 박차고 포효하거라
너 불타는 야망 젊은 의욕의 상징아

우주를 향한 너의 부르짖음이
민족의 소리 되어 메아리치는 곳에

너의 기개 너의 지조 너의 예지는
조국의 영원한 고동이 되리라

그것이 그대로 찬연한 빛이었다

〈고대신문〉 지령 100호에 부치는 시

너는 어둠 속의 햇불이었다.
새로운 것은 아직 생탄하지 않았고
낡은 것이 오히려 새로움을 가장하던 시절에
너는 새로움을 갈구하는 마음의 상징
낡은 것을 회의하고 그 복면을 벗긴 기수!
'고대신문'아 넉 자의 깃발이여
그것이 그대로 찬연한 빛이었다.
무너져 가는 사상 ─ 공산주의의 폭력 앞에
항거하고 일어선 선구의 이름으로
너 오늘을 맞았구나.
너는 고난 속에 굽히지 않는 의지였다.

낡은 것은 아직도 사멸하지 않고
올바른 것이 도리어 사악의 누명을 쓰는 날에
너는 자유와 정의와 진리의 영원한 보검
불의를 척결하고 그 음모를 분쇄하는 지성의 첨병!
'고대신문'아 넉 자의 깃발이여
그것이 그대로 서슬 푸른 칼날이었다.
낡아빠진 술수 ─ 직수입한 원세개袁世凱의 민의와
국보 해외반출 때문에 받은 상흔을 지니고
너 오늘을 맞았구나.

앉아서 보는 4월
그 첫 기념일에

4월의 얘기를 다시 하지 말라
배신당한 혁명의 아픈 상흔에 손을 대지 말라.

혁명을 비혁명적 방법으로 완수한다던 과도정부에 맡긴 것이 잘
못이었다.

부정축재자의 돈과 불의한 세력의 잔재 그자들의 더러운 손을 이
끌어
성급히 통과시킨 개헌을 믿은 것이 잘못이었다.
민주반역도배徒輩 처벌의 근거를 주지 않은 그 기초자는 누구였
더냐.
알아봤더니라 이때에 벌써 혁명은 배신당한 것을―.

혁명재판의 검찰관이 증인에게 피고와 화해하고 피고는 증인에게
여비와 점심 대접이나 하랬다는 웃지 못할 얘기
법 앞에 만민은 평등하다면서 일벌백계주의는 모순이 아니냐.
송사리 떼 몇 놈으로 혁명정신이 응징되느냐 차라리 백벌일계를―
그 하나가 바로 혁명정신이라

책임 안 지는 내각책임제를, 병신 구실의 참의원을, 썩은 그대로
의 법을, 어제를 잊어버린 반자유입법을 위하여
4월의 피는 흘렀던가. 4월은 거짓이 아니다.

아 4월은 다시 돌아왔는데
우리는 어느 지점에서 이 4월을 맞아야 하나
우리의 발길은 어느 쪽으로 향을 해야 하나
3월을 받들어 5월의 단애를 넘어
저 또 하나의 해방 새로운 8월의 정상은 눈앞에 있는데

4월의 얘기를 다시 하지 말라
마음속으로 깊이 회오에 울게 하라.
도탄에 든 백성의 망막에는 피었다 지는 꽃도 아랑곳없이
아 4월은 또다시 돌아왔는데…… 4월의 창이創痍는 눈물에 젖는
데…….

하늘의 영원한 메아리여

3·1절 송頌

생명의 내부에서 밑바닥에서
불길처럼 솟아오른 함성이 있었다.
그것을 누가 목청만 울리고 나온
소리라 할 수 있는가.
피와 눈물로 터진 갈구와 염원
3·1절이여!

진실로 이것 아니더면 역사에
너 무슨 힘으로 세계만방에
독립을 선포하는 종을 울리고
어두운 겨레의 가슴마다에
꺼지지 않은 작은 등불을
켤 수가 있었을 것인가.
3·1절이여!

삼천만 겨레가 한 덩어리 되어 울부짖은
"대한 독립 만세"
이 여섯 자 한마디 소망이
삼천만이라 일억 팔천만 자
한마음으로 요구한
그 소리 천지에 사무쳤기에
맨주먹으로 일어서도 무섭지 않던

3·1절이여!

네 불길 길이 사위지 않아
6·10 만세 학생 만세로
반탁운동으로
4월 혁명으로 5월 혁명으로
때 곧 이르면 타올랐구나
타오르는구나
민족의 영원한 핏줄이여
하늘의 영원한 메아리여
3·1절이여!

안중근 의사 찬讚

안중근 의사 유묵전에

쏜 것은 권총이었지만
그 권총의 방아쇠를 잡아당긴 것은
당신의 손가락이었지만

원수의 가슴을 꿰뚫은 것은
성난 민족의 불길이었네
온 세계를 뒤흔든 그 총소리는
노한 하늘의 벼락이었네

의를 위해서는
목숨도 차라리 홍모鴻毛와 같이
가슴에 불을 품고 원수를 찾아
광야를 헤매기 얼마이던고

그날 하얼빈 역두의
추상秋霜 같은 소식
나뭇잎도 우수수
한때에 다 떨렸어라.

당신이 아니더면 민족의 의기를
누가 천하에 드러냈을까
당신이 아니더면 하늘의 뜻을

누가 대신하여 갚아 줬을까

세월은 말이 없지만
망각의 강물은 쉬지 않고
흘러서 가지만

그 뜻은 겨레의
핏줄 속에 살아 있네
그 외침은 강산의
바람 속에 남아 있네.

장지연 선생

묘비 제막일에

나라가 팔리고 빼앗겨도
백성은 까맣게 모르고 있던 세상에
알아도 말 못 하고 울기조차 못 하던 그날에
틀어 막힌 눈과 귀와 입을 찢고
목을 놓아 운 선비가 있었다.

"시일야是日也 방성대곡放聲大哭"

그렇지 않을 수가 없지
안 울릴 수가 없었지
입으로 운 것이 아니라 붓으로
붓으로 울어야 온 겨레가 함께 울고
붓으로 울어야 길이길이 역사를 울리지

한 자루 붓에
오 일편단심!

쓰기는 당신이 썼어도
그 마음은 온 겨레 마음이었기에
쓰기는 먹으로 썼어도
그것은 온 겨레의 피눈물이었기에
한 자 쓰고 울고 또 한 자 쓰고 땅을 치고

끝내는 못다 마치고 취하여 까무러친

"시일야 방성대곡"

그렇지 쓰는 것이 아니라 우는 것이지
우는 것이 아니라 외치는 것이지
그 글 쓰고 옥에 갇히고
그 신문도 없어졌지만
쓰지 않았더라면 땅에 떨어졌을 민족의 의기를

통곡 한마디로
오 일편단심!

해삼위海蔘威로 진주晋州로 그 붓 하나 지니고
소주蘇州로 합포合浦로 그 마음 달래며
한 많은 생애 시주詩酒에 묻었네
나라 되찾고 비석도 세워져
뜻있는 이 저마다
가슴 깊이 우러르는 오늘 소리 없이 되뇌어 보는

"시일야 방성대곡"
지사비추志士悲秋의 하늘만 높다.

어린이에게

너희들도 보았을 것이다.
오랜 가뭄 끝에 줄기차게 내리는 비를
쓰레기도 구더기도 걸레쪽도 쇠똥조박도
더러운 것이라 모두 다 떠내려가는 그 검은 흙탕물을
그게 바로 혁명이란 게다.
혁명은 홍수 혁명은 씻어 버리는 것
어린이들아 즐겁지 않으냐
말라서 터진 이랑마다 흠뻑 스미고
남아서 철철 논꼬마다 넘치는 물
잎새는 더 푸르고 꽃은 더욱 붉고
싱싱히 너울대는 그늘에
너도 매미처럼 노래하며 자라거라.
너희들은 보았느냐
지루한 장마 끝에 퍼지는 눈부신 햇살을
곰팡이도 벼룩도 부스럼도 진디도
모두 다 버리는
그 무지갯빛 태양을
그게 바로 혁명이란 거다.
혁명은 광명 혁명은 꿈꾸는 것
어린이들아 즐겁지 않으냐
축축하고 썩은 구석마다 골고루 스미고
남아서 철철 잎새마다 넘치는 빛

노을은 더 붉고 별빛은 더 푸르고
반딧불 날아오르는 툇마루에
너도 강아지처럼 즐거운 꿈꾸며 잠들거라.

농민송 農民頌

아득한 옛날이었다 그것은

장백長白의 푸른 뫼뿌리를 넘어
한 떼의 흰옷 입은 무리가
처음으로 이 국토에 발을
디딘 것은―

천고의 밀림을 헤치고
가시밭에 불을 놓아
땀 흘리어 일군 밭에
밀, 보리, 조, 기장을 심어 먹고

움집, 귀틀집에 오막살이 초가를 지어
이웃끼리 오손도손
의좋게 모여 살기 시작한
그것은 아득한 옛날이었다.

조상이 점지해 준 터전이라
그 마음 그 핏줄을 받아
대대로 이어 온 사람들이여!

푸른 잎새에 맺힌 한 방울 이슬이나

나무뿌리가 뿜는 한 줄기 물이
실개울이 되고 강물이 되어
굽이치는 기슭마다 마음을 열고
그 강물을 젖줄 삼아

퍼져 난 핏줄기 삼천만
떨어질 수 없는 운명으로 얽힌
사람들이여

가난에 쪼들리고 권력에
억눌리어도
겨레의 손이 되고 발이 되어
허리띠를 졸라맨 채
끝내 맡은 바를 저버린 적 없이

믿는 것이라곤 오로지
마음 바르고 부지런하여 굶는 법 없으리라는
조상의 가르침 그것 하나뿐
그 마음 뼈에 새겨서 살아온
사람들이여!

오랑캐 도적 떼 앞에서

나라를 지킨 사람들이여
겨레를 위하여 가장 많이
일하고도
가장 버림받고 시달린
사람들이여!

그 눈물겨운 봉사의 보람으로
마침내 찾고 만 주인의 자리
하기 싫은 일에 굴종함은
노예라 할지라도

알고도 스스로 인종함은
거룩한 봉사라
이 선의의 사람들에게
어찌 끝없는 어둠만이 있을
것이랴.

새벽닭 울 때 들에 나가 일하고
달 비친 개울에 호미 씻고
돌아와
마당가 멍석자리
삽살개와 함께 저녁을 나눠도

웃으며 일하는 마음에 복은
있어라.

구름 속에 들어가
아내와 함께 밭을 매고
비 온 뒤 앞개울 고기는
아이 데리고 낚는 맛
태곳적 이 살림을 웃지를 마소
큰일 한다고 고장 버리고
떠나간 사람
잘되어 오는 이 하나 못 봤네.

오월 수릿날이나 시월상달은
조상 적부터 하늘에 제 지내던
명절 팔월 한가위에 농사일 길쌈
겨루기도 예로부터
있었던 것을……
내 손으로 거둔 곡식
자랑도 하고
이웃끼리 모여서 취하는 맛이여

바라는 것은 해마다 해마다

시절이나
틀림없으리고
그보다 더 바라는 것은
마음 놓고 살 수 있도록
나랏일이나 좀 잘해 주기를

이 밖에 다른 소원
아무것도 없어라.
마음 가난한 사람이여
마음은 가난해도
살림은 푸지거라.
움츠리지 말고 떳떳하거라
일어나 외치거라.

가까운 앞날이어야 한다.
옥토沃土 삼천리를
하늘만 쳐다보고 살지 말고
우리네 농사가 우리 꿈대로
퍼져 나가는 그날은 ―.

조상이 끼친 업을 길이 지키는
사람들이여!

정성과 노력이 있을 뿐 분수를
넘치지 않는 사람들이여!
몹쓸 세상에 하늘이 보낸
착한 사람들이여
농민들이여!

우리들의 생활의 내일

1

내일은
끝없는 밑으로부터 상승한다

내일은
힘찬 오늘이 끌어올린다

내일은
무너져 내린 어제가 추진한다

세월의 바퀴를 타고
영원히 치솟는 내일 내일
내일은
제막을 기다리는
어제의 꿈

내일은
보고 싶은
오늘의 거울

내일은
오늘의 내일일 뿐

그 자신의 내일은
까맣게 모른다

내일에는
내일이 없다
다만 오늘이 되고
어제가 될 뿐

내일은
오늘을 완성하는 자
오늘을 추방하는 자
그리고 오늘을 변혁하는 자

내일은
항상 새로운 오늘로 돌현突現한다

2
오늘이 슬플 때
어제는 아름답다

아름다운 어제의 앨범을 펴 놓고
우는 사람에게 내일은 더욱 슬프다

아름다운 내일을 맞으려거든
오늘에만 몰두하라
어제는 이미 없고
내일은 오늘 속에 오는 것

내일을 참으로 알려거든
내일을 잊어버려라
내일 지구에 종말이 와도
오늘 꽃나무를 심는 그 마음으로

3
내일을 모른다 하여
오늘에 집착하고
탐닉하는
사람들아!

내일은 두려운 것

너는 끝없는 내일을
탕진하진 못하리니 —

나의 안에서

다시 나를 안아주는

거룩한 빛꽃

그대 모습은

運命보다 아름답고

크고 밝아라

붉은 나무늪새

유연견남산 悠然見南山

사람 사는 마을에 집을 지어도　　　　結廬在人境
수레소리 말굽소리 없어서 좋으이　　而無車馬喧
　　　　　　　　　　　　　　　　問君何能爾
그대에게 묻노니 어째 그럴까　　　　心遠地自偏
마음이 멀어지니 땅도 절로 깊어진 듯　采菊東籬下
　　　　　　　　　　　　　　　　悠然見南山
동쪽 울타리에 국화를 꺾어 들고　　　山氣日夕佳
고개 들어 유연히 저 남산을 보노메라.　飛鳥相與還
　　　　　　　　　　　　　　　　此中有眞意
산에는 맑은 기운 황혼이 더욱 좋아　欲辨已忘言
날새도 떼를 지어 깃을 찾아 돌아간다.

이 가운데 숨은 참뜻 내가 아노니
말하려다 에라 그만 말을 잊고 마노메라.

― 도연명(陶淵明, 365~427)

자야가 子夜歌 *

1

향기는 마음속에서
우러나는 거라는데

제 얼굴이 어찌 감히
임의 눈에 들었겠어요.

하늘이 사람 원願을
저버리지 않아서

그리워하는 임을
모시게 되었지요.

芳是香所爲
冶容不敢當
天不奪人願
故使儂見郎

2

옛 생각은 잊히지 않아요
잊으려다간 되려 옛 생각에 사로잡히는걸요.

봄누에가 고치를 지어
그 고치에서 다시 누에나비 나듯이

서리서리 감도는
옛 생각은 끊을 수 없어요.

前思斷纏綿
意欲結交情
春蠶易感化
絲子已復生

3

사무치는 생각을
노래 않고 어쩌나요.

배고프면
밥 생각나듯이……

해 질 무렵 창가에
기대어 서서

슬픈 옛 사랑을
노래 않고 어쩌나요.

4

베개를 베고
창 아래 누웠더니

임이 오셔서
쓰다듬어 주시네요.

조금만 사랑해 줘도
버릇이 없어지는걸요

誰能思不歌
誰能思不歌
日冥當户倚
惆悵底不憶

擎枕北牕下
郎來就儂嬉
小喜多唐突
相憐能幾時

언제까지 임이 나를
사랑하실는지요.

5

옷매무새도 가다듬지 않고　　　　　　　　擎裾未結帶
눈썹도 다스리지 않고　　　　　　　　　　約眉出前牕
창 앞에 나섰나이다.　　　　　　　　　　　羅裳易飄颺
　　　　　　　　　　　　　　　　　　　　小開罵春風

비단옷이라 바람에 날리기 쉬운 거죠만
치맛자락을 여는 게 새삼 얄미워서
애꿎은 봄바람을 흘기옵니다.

6

사랑하시는 걸 생각하면　　　　　　　　　恃愛如欲進
곧 뛰어가고 싶지만　　　　　　　　　　　含羞未肯前
　　　　　　　　　　　　　　　　　　　　朱口發艶歌
차마 부끄러워　　　　　　　　　　　　　玉指弄嬌絃
못 가옵니다.

붉은 입술로
고운 노래나 부르지요

흰 손길로
거문고 줄이나 고르지요.

<hr />

• 중국 육조시대 진나라의 노래.

남전산藍田山 석문정사石門精舍

해 질 무렵 산수가 더 좋으이
배 띄워 바람에 맡겨 두자.

기이한 경치에 놀라
먼 줄을 몰랐더니
비롯을 찾아 어느덧
막다른 곳에 이르렀구나.

아득히 구름과 나무가
빼난 것을 사랑하고
길이 같지 않음을
처음엔 의심했더니
어찌 알았으랴 맑은 흐름이
문득 앞산에 통한 것을

배를 버리고
지팡이로 가벼이 헤쳐
내 마음 가는 곳으로
따라 이르니

늙은 중
너덧 사람

落日山水好
漾舟信歸風
玩奇不覺遠
因以緣源窮
遙愛雲木秀
初疑路不同
安知淸流轉
偶與前山通
捨舟理輕策
果然愜所適
老僧四五人
逍遙蔭松栢
朝梵林未曙
夜禪山更寂
道心及牧童
世事問樵客
暝宿長林下
梵香臥瑤席
澗芳襲人衣
山月映石壁
明發更登歷
笑謝桃源人

花紅復來覿

솔 잣나무
그늘에 거닐다.

새벽안개 숲에 감돌 제
아침 범패 소리

밤에 삼매三昧에 드니
산이 더욱 적막하고녀.

도심道心이 목동에게 미치니
세상일을 나무꾼에게 묻는다.

수풀 아래 행장을 풀어
향을 사르고 자리에 눕다.

산골 풀향기
옷에 스미노니
늦게 돋는 달이
석벽을 비추인다.

다시 올 때에

길을 잊을까 저어하여
새벽에 일어나
지난 길을 다시 밟다.

웃으며 작별하노니
도원桃源 사람들과 —
꽃망울 터져서 붉거든
또다시 와 보리라고.

— 왕유(王維, 699?~759)

송별 送別

말에서 내려서자
술 한잔 권한 다음
그대에게 묻노니
"어데로 가려는고"

그대 하는 말이
"세상에 뜻 못 얻었으니
돌아가 남산이라
그 기슭에 누우리라"

"가려거든 가게나
다시 묻지 않으리니
저 하늘 흰 구름이사
다할 때가 없을 걸세"

下馬飲君酒
問君何所之
君言不得意
歸臥南山陲
但去莫復問
白雲無盡時

　　　　　　　　　　　　　— 왕유(王維, 699?~759)

옥계원玉階怨

섬돌 위에
이슬이 내리옵니다.
밤이 깊었나 봐요
비단 버선이 다 젖었나이다.

그만 방으로 돌아가겠어요
구슬 발을 치고
가을 달을 우러러
임 생각에 촉촉이 젖겠나이다.

玉階生白露
夜久侵羅襪
却下水晶簾
玲瓏望秋月

— 이백(李白, 701~762)

원정 怨情

주렴을 걷어 놓고
홀로 앉은 저 미인—

시름없다 그 모습
찡그린 그 아미蛾眉가……

마음속에 그 뉘를
원망함인고

속눈썹에 아롱진
눈물 두 방울

美人捲珠簾
深坐顰蛾眉
但見淚痕濕
不知心恨誰

— 이백(李白, 701~762)

장진주 將進酒

그대 보지 않는가, 황하의 물이 천상에서 내려와 굽이쳐 바다에 이르면 다시 돌아오지 못하는 것을.

그대 보지 않는가, 고당高堂의 거울 앞에서 백발을 슬퍼하느니 아침에 푸른 실 같던 것이 저녁에 흰 눈이 되는 것을.

인생은 덧없느니 뜻을 얻어 환락歡樂을 다하여라, 어찌타 금준으로 헛되이 달을 보게 할 거냐.

하늘이 이 몸 삼기실 제 쓸 곳 있어 내셨으니 천금을 다 흩어도 가서 다시 돌아오리. 양 잡고 소를 삶아 즐거움을 삼을 것이, 만나면 한숨에 삼백 잔을 마실 것이.

잠부자岑夫子 단구생丹丘生아 권하는 술 막지 마소. 그대를 위해서 노래 하나 부르고저 귀 기울여 듣노라고 한마디만 하오그려. 종고鍾鼓도 팔진미도 귀하다고 못하리라. 다만 원하느니 장취불성하올 일을……

君不見
黃河之水天上來
奔流到海不復回
君不見
高堂明鏡悲白髮
朝如靑絲暮成雪
人生得意須盡歡
莫使金樽空對月
天生我材必有用
千金散盡還復來
烹羊宰牛且爲樂
會須一飮三百杯
岑夫子丹丘生
將進酒君莫停
與君歌一曲
請君爲我側耳聽
鍾鼓饌玉不足貴
但願長醉不願醒
古來賢達皆寂寞
惟有飮者留其名
陳王昔日宴平樂
斗酒十千恣歡謔

예부터 성현은 죽어 그뿐 적막해도 오직
술꾼만은 그 이름을 남기었네. 진왕은 그 옛
날에 평락전平樂殿에 잔치 열고 두주斗酒 일만
배로 즐거움을 다했거니 주인아 무슨 일로
돈이 적다 한恨하는고.

술 없으면 또 사 오고 그대 함께 마실 것이
오화마五花馬 천금구千金裘를 아이 시켜 술로
바꿔 그대로 더불어 만고 시름 풀어 볼거나.

主人何爲言少錢
且須沽取對君酌
五花馬千金裘
呼兒將出換美酒
與爾同銷萬古愁

— 이백(李白, 701~762)

봉황대에 올라서 登金陵鳳凰臺

봉황대 위에
봉황이 노닐더니
봉은 가고 대臺는 비어
강물만 흐르누나.

오왕궁전吳王宮殿 화초는
잡풀 속에 파묻히고
진대晋代 의관문물
고구古丘를 이루었다.

구름 밖에 솟은 삼산三山
하늘에서 떨어지는 듯
두 강물이 나눠져서
감도느니 백로주라

모두 다 뜬구름 탓
햇빛을 가리우니
장안은 안 보이고
사람만 울리노라.

鳳凰臺上鳳凰遊
鳳去臺空江自流
吳宮花草埋幽徑
晋代衣冠成古丘
三山半落青天外
二水中分白鷺洲
總爲浮雲能蔽日
長安不見使人愁

— 이백(李白, 701~762)

등악양루 登岳陽樓

동정호 그 이름을
들은 지 오래더니
악양루 높은 다락
오늘에사 오르메라.

오초(吳楚)는 어디메요
동남(東南)이 탁 터졌다.
해와 달이 밤낮으로
예서 뜨노메라.

친한 벗 흩어진 뒤
편지 한 자 없고
늙은 몸 병이 들어
외배로 떠도느니.

관산(關山) 북쪽 벌에
융마가 울부짖는데
헌함(軒檻)에 기대이니
눈물이 흐르노라.

昔聞洞庭水
今上岳陽樓
吳楚東南坼
乾坤日夜浮
親朋無一字
老病有孤舟
戎馬關山北
憑軒涕泗流

— 두보(杜甫, 712~770)

애강두 哀江頭

소릉少陵의 들 늙은이 흐느껴 운다
봄날 강기슭에 몰래 나와서……

저 언덕 궁전에는 천문千門을 잠갔는데
세류細柳 신포新蒲는 뉘를 위해 푸르렀노

무지갯빛 천자기가 이 동산에 머물 때는
남원의 온갖 모습 생기가 돌더니라.

아리따운 양귀비도 같은 연輦 위에
임을 따라 임 모시고 곁에 있을 때.

궁녀들은 활을 들고 전통을 메고
백마는 깨물더니 황금 재갈을

몸을 휘두루쳐 구름을 쏘면
나는 새 두 마리도 한 살에 떨어졌다.

맑은 눈 흰 이 그 미인은 어디 간고
피 묻은 영혼이 울면서 헤매리라.

위수渭水는 흘러가고 검각劍閣은 감초였다

少陵野老吞聲哭
春日潛行曲江曲
江頭宮殿鎖千門
細柳新蒲爲誰綠
憶昔霓旌下南苑
苑中萬物生顔色
昭陽殿裏第一人
同輦隨君侍君側
輦前才人帶弓箭
白馬嚼齧黃金勒
飜身向天仰射雲
一箭正墜雙飛翼
明眸皓齒今何在
血污遊魂歸不得
清渭東流劍閣深
去住彼此無消息
人生有情淚沾臆
江水江花豈終極
黃昏胡騎塵滿城
欲往城南望城北

간 이나 남은 이나 소식을 못 전하네.

인생은 정이 많아 눈물로 가슴을 적시는데
이 강물 이 꽃들이 어찌 다함이 있을거나.

황혼에 적진이 온 성을 뒤덮으니
성남城南길이 어디멘고 갈 곳 몰라 하노라.

―두보(杜甫, 712~770)

가을 밤비 속에 秋夜雨中

가을바람에 처량한 이 읊조림   秋風惟苦吟
온 세상에 내 마음 아는 이 없네   世路少知音
창 밖에는 삼경의 비가 오는데   窓外三更雨
등불 앞에 아물아물 만 리의 마음이여   燈前萬里心

— 최치원(崔致遠, 857~?)

우정의 밤비 郵亭夜雨

여관방에 늦은 가을비 소리	旅館窮秋雨
고요한 밤 차운 창살의 불빛	寒窓靜夜燈
스스로 탄식하네 시름 속에 앉으니	自憐愁裏坐
이 참으로 삼매[定]에 든 중인 것을	眞箇定中僧

— 최치원(崔致遠, 857~?)

한송정곡 寒松亭曲

한송정 밤에 달은 희고   月白寒松夜

경포의 가을 물결은 잔다   波安鏡浦秋

슬피 울며 오고 가느니   哀鳴來又去

유신有信한 백구白鷗 하나   有信一沙鷗

— 장연우(張延祐, ?~1015)

대흥사에서 자규를 듣다 大興寺聞子規

속객의 꿈은 이미 끊어졌는데   俗客夢已斷

자규子規는 아직도 흐느껴 운다   子規啼尚咽

세상에 다시 새소리 아는 이[公冶長] 없으니   世無公冶長

마음속에 맺힌 한을 그 누가 아노.   誰知心所結

— 김부식(金富軾, 1075~1151)

산장의 밤비 山莊夜雨

어젯밤 송당松堂에 비 내리어   昨夜松堂雨
시냇물 소리 베개 서쪽에 울리더니   溪聲一枕西
먼동 트자 뜰 앞의 나무를 보니   平明看庭樹
잔 새는 아직도 가지를 뜨지 않았네   宿鳥未離栖

— 고조기(高兆基, ?~1157)

말 위에서 馬上寄人

머리 돌려 해양성海陽城을 보매	廻首海陽城
성 곁에 산이 우뚝 솟았었네	傍城山嶙峋
그 산도 멀어져 이제 보이지 않거니	山遠已不見
하물며 그 성 중中 사람들이야	況是城中人
산을 보니 산에 슬픈 빛이요	看山帶慘色
물을 들으매 물소리 수심일세	聽水帶愁聲
이때에 그 무엇으로	此時借何物
이 마음 위로할 건가	能得慰人情
이별이라도 다시 만날 기약 있으면	一別有一見
잠시 헤어짐이 어떠리오만	蹔別又何傷
다시 못 만날 줄 알기에	情知不再見
애끓는 마음 애끓는 마음	斷腸仍斷腸

— 최당(崔讜, 1135~1211)

강촌야흥江村夜興

달빛 침침한데 까마귀 물가에 날고	月黑烏飛渚
연기 잠긴 데 강물 절로 물결이 이네	煙沈江自波
고기잡이배는 지금 어디서 자는고	漁舟何處宿
아득한 곳에서 한 가락 노랫소리 들리네	漠漠一聲歌

— 임규(任奎, 1119~1187)

황룡사 우화문에 쓰다 書皇龍寺雨花門

고목古木에 삭풍이 울고   古樹鳴朔吹

잔잔한 물결 위에 저녁볕이 일렁인다   微波漾殘暉

배회하면서 옛일을 생각노니   徘徊想前事

눈물이 옷을 적심을 깨닫지 못하네   不覺淚霑衣

— 최홍빈(崔鴻賓, ?~?)

묵죽 뒤에 제함 題墨竹後

한가한 나머지 붓과 벼루를 희롱하여　　閑餘弄筆硯

한 줄기 대를 그리었네　　　　　　　　寫作一竿竹

벽에 붙여 놓고 이따금 보노니　　　　時於壁上看

그윽한 자태가 짐짓 속되지 않네　　　幽姿故不俗

― 정서(鄭敍, 고려 중기)

428

진양유별晉陽留別

오래 머무르기 참으로 계책이 없는데   久住眞無計
거듭 오는 일 기약하기 어려워라   重來未必期
인생 백 년 안에   人生百歲內
길이 일상사一相思만 짓누나   長作一相思

― 전탄부(全坦夫, 고려 중기)

산거 山居

봄은 가도 꽃은 아직 있는데	春去花猶在
하늘은 개었건만 골짜기는 절로 그늘이 지네	天晴谷自陰
두견이 한낮에 우짖으니	杜鵑啼白晝
비로소 깨닫겠네 깊은 골에 사는 줄을	始覺卜居深

— 이인로(李仁老, 1152~1220)

천수승원 벽에 쓰다 書天壽僧院壁

손을 기다리매 손이 오지 않고   待客客未到

중을 찾으니 중이 또한 없구나   尋僧僧亦無

오직 수풀 밖의 새만 남아서   唯餘林外鳥

관곡히 술 들기를 권하네   款曲勸提壺

— 이인로(李仁老, 1152~1220)

절구두운 絶句杜韻

굽은 언덕길에 꽃이 눈을 어지럽히고   曲塢花迷眼

깊은 동산엔 풀이 허리를 묻네   深園草沒腰

노을이 남으니 흩어진 비단 자락이요   霞殘餘綺散

비가 급하니 어지러운 구슬이 뛰네   雨急亂珠跳

— 이규보(李奎報, 1168~1241)

432

북산잡제 北山雜題

산에 사는 이 마음을 시험코자 하거든	欲試山人心
문에 들어 먼저 주정해 보소	入門先醉罵
기뻐하고 불평함을 나타내지 않으면	了不見喜慍
비로소 깨달으리 참으로 고사高士임을	始覺眞高士

높은 산꼭대기를 감히 오르지 않는 것은	高巓不敢上
오르기 고된 것을 꺼리는 게 아니라	不是憚躋攀
산중의 눈에 잠깐 다시	恐將山中眼
인환이 바라보일까 두려워함일세	乍復望人寰

산꽃이 깊은 골짝에 피어	山花發幽谷
산중의 봄을 알리려 하네	欲報山中春
피고 지는 것을 누가 일찍이 주관하였노	何曾管開落
이 모두 다 정가운데 사람들일세	多是定中人

산에 사는 사람이 함부로 나들이 않으니	山人不浪出
옛길이 사뭇 푸른 이끼에 파묻혔네	古徑蒼苔沒
응당 겁내리라 티끌 세상 사람들,	應恐紅塵人
나의 녹라월綠蘿月을 침범할세라.	欺我綠蘿月

— 이규보(李奎報, 1168~1241)

한중잡영 閑中雜詠

발을 걷고 산 빛을 끌어들이고	捲箔引山色
통을 이어서 샘물 소리를 나누다	連筒分澗聲
온 아침을 이르는 사람 없으니	終朝少人到
뻐꾸기는 스스로 제 이름을 부르네	杜宇自呼名

청산이 푸른데 막 지나는 비	山青仍過雨
연한 버들은 다시 물안개를 머금었네	柳綠更含煙
편한 학은 한가로이 오고 가누나	逸鶴閑來往
흐르는 꾀꼬리 소리는 절로 먼저와 나중이 있네	流鶯自後先

냇물소리 시끄러우니 산이 다시 적막하고	溪喧山更寂
마을이 고요하니 해가 더욱 길고나	院靜日彌長
꿀 따노라 누런 벌은 붕붕거리는데	採蜜黃峰鬧
집짓기에 자줏빛 제비는 바쁘다.	營巢紫燕忙

— 석원감(釋圓鑑, 1226~1292)

가을날 배를 띄우다 秋日泛舟

바다 안개는 개어도 오히려 어두운데	海霧晴猶暗
강바람은 늦게 다시 비꼈고나	江風晩更斜
물가에 가득히 단풍잎이 어우러진 것을	滿汀紅葉亂
복사꽃이 떠오르는가 의심하였네	疑是泛桃花
물새는 떴다가 도리어 파묻히는데	水鳥浮還沒
사주沙洲는 곧다가 비뚤었다가 하네	沙洲直復斜
배 옆에 산이 그림을 펼치고	傍舟山展畵
돛대를 맞아 물결이 꽃을 일으키네.	迎棹浪生花

― 오한경(吳漢卿, 1242~1314)

박행산 전지댁에 제함 朴杏山全之宅有題

술잔은 모름지기 항상 가득해야 하느니   酒盞常須滿
차 그릇은 반드시 깊어야 하는 것이 아닐세   茶甌不用深
행산杏山에 하루 종일 비가 오시는데   杏山終日雨
다시 세세히 마음을 논하네.   細細更論心

홍규(洪奎, ?~1316)

풍하 風荷

맑은 새벽에 마악 목욕을 마치고	淸晨纔罷浴
거울 앞에서 힘을 가누지 못하네	臨鏡力不持
천연의 무한한 아름다움이란	天然無限美
전혀 단장하기 전에 있고녀	摠在未粧時

― 최해(崔瀣, 1287~1340)

용궁에 한거할 때 김란계득배가 시를 보내왔으므로 그 운을 밟다 龍宮閑居金蘭溪得培寄詩次其韻

강물이 넓으니 물고기가 자유롭고　　　　江闊脩鱗縱

숲이 깊으매 지친 새가 돌아든다　　　　林深倦鳥歸

전원에 돌아옴만이 나의 뜻이요　　　　歸田是吾志

부귀가 위태로운 기미를 일찍 안 건 아니어라.　非是早知幾

― 전원발(全元發, ?~1421)

438

원교서 송수에게 부침 寄元校書松壽

오늘 아침 펼쳐진 밝은 조망   今朝展淸眺
시흥詩興은 남산에 부쳤네   詩興屬南山
건巾을 젖혀 쓰고 긴 파람 하니   岸幘發長嘯
천지 넓은 줄 비로소 알겠네.   始知天地寬

― 곽운(郭珝, 고려 후기)

이화월 [無語別]

개울 건너
저 색시
이별할 때

남의 눈이
부끄러워
말 한마디 못 하고

돌아가
중문 닫고
배꽃 그늘에

우거진
달을 보고
서러워 운다.

十五越溪女
羞人無語別
歸來掩重門
泣向梨花月

— 임제(林悌, 1549~1587)

440

소점두少點頭

사창紗窓에 달 비칠 제
안아 보니 더 고운 임

수줍은 입술이요
잔잔한 그 눈매라,

귓가에 나직이 속삭이는 말
"그대 나를 사랑하는가"

흰 손길 고이 들어
금비녀를 바로잡고

아미를 갸우뚱히
고개 두어 번 까닥인다.

抱向紗窓弄未休
半含嬌態半含羞
低聲暗問相思否
手整金釵少點頭

― 작자 미상

도선암 道詵庵 가는 길

비 멎은 다음이라 햇살이 더 눈부시다　　　　　日暄雨初止
영롱한 가을빛이 게으름을 일깨우누나.　　　　　秋色起我慵
　　　　　　　　　　　　　　　　　　　　　　　行行攀石磴
가고 가니 깎아지른 돌사닥길　　　　　　　　　苔滑礙飛筇
젖은 이끼에 지팡이가 비껴 나른다.　　　　　　怪禽啼還歇
　　　　　　　　　　　　　　　　　　　　　　　幽花淡不濃
기이한 새소리는 우지지다 멈추는데　　　　　　亂泉如灑雪
산에 피는 꽃은 빛이 차라리 짙지 않아라.　　　璇風落長松
　　　　　　　　　　　　　　　　　　　　　　　試發蘇門嘯
쏟아지는 물소리사 흰 눈이 흩뿌리는 듯　　　　更追平子蹤
낙락장송에 부서지는 구슬바람.　　　　　　　　鐘鳴何處寺
　　　　　　　　　　　　　　　　　　　　　　　山山白雲封
숨어서 사는 이의 긴 파람을 본받노니
옛사람 밟은 자취를 다시 좇아 노메라.

은은한 저 종소리 어디메가 절일런고
봉우리 봉우리마다 흰 구름이 닫았고녀.

　　　　　　　　　　　　　　　　— 김춘동(金春東, 1906~1982)

문수굴에 자다 宿文殊窟

천 길 벼랑을 뉘라서 쪼아내어
원통圓通한 부처님의 감실을 지었는고.

관솔에 불을 놓으매 중은 자지 않는데
밤이 오래어서 현묘한 얘기를 듣는다.

誰鑿千尋壁
圓通老佛龕
熱松僧不寐
夜久聽玄談

— 김춘동(金春東, 1906~1982)

촉석루별곡 新興矗石歌

신공神工의 솜씨로 다듬은 촉석루야	何來神斧斫矗石
진양 땅 명승으로 네 이름이 높았구나	汝以晋陽名勝高
산용山容은 그림 같아 비봉이 춤을 추고	山容如畵飛鳳翔
물빛은 맑고 맑아 남강藍江이 비단 같다	波光綠淨以藍名
삼한 이래 도호부라	三韓以來都護府
즐비한 여염이여	城外城内萬家住
신루新樓 화동이 벽공에 솟았거니	新樓畵棟向碧空
관현사죽管絃絲竹이 울림즉도 한저이고	管絃絲竹處處起
난간 기대이니 일흥逸興이 앞을 서도	倚欄逸興發
못 잊을 그 옛날의 회억은 창연하다	能忘舊時懷
왜적의 발굽 아래	憶昔龍蛇倭賊亂
짓밟히던 임진란을	海東全城鯉血高
대가大駕는 서새西塞길에 용만龍灣이 울었것다	大駕西行住龍灣
구중궁궐은 연기로 사라지고	漢陽宮闕煙塵生
관산 압수에 풍월도 눈물이라	瞻彼長江關山月
팔도의 의론 선비 벌떼같이 일어났네	八域義士蜂擁起
사면에 수적受敵함은 병가兵家가 기忌하는 것	四面受敵兵家忌
하물며 고성孤城이야 무엇을 믿을 건가	況又孤城豈可依
진양 성곽이 물속에 잠겼거니	晋陽城郭引水沈
육만사녀六萬士女가 일시에 죽었어라	六萬士女一時死
삼장사三壯士 높은 절의節義 웃으며 든 한잔 술을	三節高義張許遠
의랑의 곧은 마음 단심낙화 일점홍을 수놓았네	義娘凝粧萬綠紅

무도한 도적의 떼 휘두르는 칼날 끝에   見人必殺倭鋒刃
머리를 잘릴망정 항복 않던 선열혼아   斷頭無降先烈魂
강산에 쌓인 백골 그 얼마나 되었던고   處處白骨如山高
원혼 열백이 허공에 울부짖네   悲風襲來日沈沈
비풍悲風이 불어올 제 침침한 구름이며   山河寂寞月色孤
적막한 강산에 달밤이 더욱 섧다   朝廷大臣好朋黨
조정의 벼슬아치 붕당에 눈이 멀어   東西是非無閑暇
동서시비東西是非로 영일寧日이 없었어라   北有鄭爺南忠武
북쪽의 정문부와 남쪽의 이충무공   中有權帥郭紅衣
권율 도원수와 홍의장군 곽재우뿐   百戰山河連戰勝
백전산하百戰山河에 승전고는 뉘 울렸노   竟使倭酋無片鱗
훈공을 뉘 일렀노 충의만 소소昭昭해라   八年風塵在眼前
팔년풍진八年風塵이 눈앞에 방불하다   與人發說膽寒孤
옛일을 말하자니 간담이 서늘코야   吾人歌詠如穀
부질없는 이 노래에 마땅한저 일장통곡   何人作誦如鳳樓
장소長嘯 일성一聲에 푸르른 저 초색을   長嘯一聲草色新
강호의 상시객아 이 다락에 올라보소   請君莫惜蠹石行

— 작자 미상

佛國寺途中

山深無一家　流水性相親
碧藏雪外寺　紅露雪邊春
苔路鐘聲古　竹林鳥語新
釋仙吾不識　天地大虛眞

臨海殿遺址

羅運將終夕　哀歌咽無時
勸酌千年業　受盃一美姬
麻衣血淚濕　寶劍霜光微
依舊鷄林月　浮雲雁鴨池

歸鄉

塵世意難合　歸來便一旬
心閒山色遠　夜靜水聲隣
功名正蝸角　富貴貪魚鱗
眞味菜香淡　恐知權勢人

謾詠

元是寒貧士　詮非林下賢
柴門山影掩　書榻水聲穿
身臥雲邊石　心參定裏禪
此間何所樂　却笑謂吾憐

沽酒

山童沽酒去　客自遠方來
隔歲愁腸閉　對床笑口開
寒暄病世矣　生計樂天哉
與子一場醉　月侵石上苔

叙懷

平生睡不足　愛此白雲幽
懶臥白雲裡　青山笑我愚
青山休笑我　浮世萬端愁
兩忘榮辱苦　茅屋忽高樓

山酒初熟適在秋夕枕處師共韻

客隨流水敲柴扉　　山酒初酣月上枝
且漉且嘗無限趣　　滿庭松韻得時宜

贈花豚禪師金文輯

昔在長安豪蕩客　　妙心托鉢一禪僧
携節獨去雲生衲　　踏盡泉聲萬慮輕

寄牧雲

四日南風三日雨　　溪邊芳草白雲多
山花自落兒羊背　　麥穗爭高露滿簣

蟬 2

長年林下不求仙　　花落花開摠自然
默默終生眞是術　　枕書閒臥白雲天

妓女

遊子無情採柳枝　佳人多淚濕羅衣
落花征馬蕭蕭雨　千里長程日暮時

洗女

芳草溪邊楊柳枝　一聲木笛燕斜飛
浮雲流水無非恨　獨坐洗紗夕照時

菜女

杜鵑花發滿山中　菜女衣裳綠映紅
胸裏多懷歌半淚　此心空處此筐空

述懷

墻頭老槿又逢春　漢上歸帆影更新
胸裏幽懷向誰説　蒼凉曙色向三津

登五臺山毘盧峰

毘盧峰上瑞雲開　　海色山光摠自來
一念頓空垂爲樂　　多生受報有情哀
風塵熱惱蒸三界　　法雨清凉洒五臺
合眼數珠松子落　　忽然天際暮鐘回

東都懷古

鷄林王業一荒邱　　萬古興亡水自流
半月城空花落雨　　瞻星臺屹麥豐秋
鮑亭暮宴舞姬散　　臨海三更王氣收
國亂當時誰死節　　滿天雲濕客登樓

鮑石亭址

鮑石亭前植杖時　　興亡歷數思依依
曲水流觴遺迹是　　鶯歌燕舞主人非
千年王業金樽酒　　一代榮華血流衣
灘聲猶咽羅朝恨　　獨倚寒岩望落暉

秋夜興

東籬種晚菊　　釀酒置其間
花開酒亦熟　　客到月初圓
葉落山盈寂　　琴鳴水更潺
但得壺中趣　　不知夜轉寒

傷心

秋水蘆花白　　月明夜菊寒
青春不得志　　歸臥夢關山

나의 시의 편력
슬픔과 멋의 의미

시와 생활과

나의 시는 한때 '생활이 없는 시'의 표본으로 지적된 적이 있다. 그러나 나는 예나 이제나 시는 생활의 가장 진실한 느껴움의 형상화라는 생각을 버린 적이 없다. 따라서 나의 시는 내 정신의 추이와 생활의 열력을 가장 충실하게 나타내고 있다고 믿는다.

생활이 없는 시가 어떻게 존재할 수 있는가. 시에 생활이 없다고 말하는 사람들은 생활을 정치적 경제적 생활 또는 동물적 물질적 생활과 동의어로 보기 때문이거니와 나는 생활의 의미를 그런데서 찾지 않고 생명이 요구하는 모든 가치를 지닌 이 현실의 삶을 생활이라 부른다. 다만 그 생명적 진실의 지향과 관심의 소재와 그 열도에 따라 시의 생활의 양상이 달라질 따름이다.

그러므로 졸시 〈완화삼〉의 1절 '술 익은 강마을의 저녁노을이여!'를 소위 좌익 논객들이 인민은 쌀을 달라, 독립을 달라 하는데 밀주가 익는 강마을을 찾는 시인은 어느 나라의 인민인가고 꾸짖으면서 생활이 없는 시라고 공격할 때 나는 분반噴飯하였다. 그것은 분명히 내 생활의 진실한 느껴움이었다. 다만 그 시가 발표된 것이 해방 후였다는 사정이 있을 뿐이다. 그러나 생명적 진실의 느껴움은 시대를 초월한다. 전란 중에도 아기는 태어나듯이 암흑의 계절에도 방랑은 있다. 방랑의 정서에는 시대고時代苦도 인간의 근본고根本苦 속에 깃드는 것이다.

편력의 정신

내가 시의 습작에 처음 손댄 것은 열일곱 살 때였다. 30년 내 시심詩心의 소재는 엔간히 여러 차례 바뀐 듯하다. 그러므로 얼핏 보면 내 시는 여러 개의 마스크를 지니고 있는 것처럼 보인다. 그러나 자세히 관찰하면 그것은 소재의 취택과 모티브의 포착과 테마의 설정에 관심의 각도가 변동했다 뿐이지 그 진면목에는 별다른 변동이 없는 것을 알 수 있다.

어쨌든 이러한 내 시의 여러 가지 변동을 어떤 이는 참담한 방황이라 하고 어떤 이는 다각적인 실험이라고도 했지만 실상 나는 이러한 시의 변환으로써 인생을 편력하고자 한 것이다. 나는 시작詩作 30년을 학생에서 교원으로 지내 왔을 뿐 다른 직업을 가져보지 않았다. 그러므로 나는 이러한 시의 편력을 통해 내 정신을 형성하였고 변하는 가운데 변하지 않는 나를 찾으려 했던 것이다.

시의 체질

이렇게 시를 써 오는 동안에 나는 어떤 세계가 나의 체질에 맞고 어떤 세계는 나의 시심에 잘 어울리지 않는다는 것을 잘 알게 되었다. 그러나 나는 나의 체질에 맞는 세계만을 찾고 그렇지 않은 것을 소외하려고 하진 않는다. 나에게 있어 시는 생활의 진실이요, 시단적詩壇的 명성을 지키기 위한 방편이 아니기 때문이다. 나에게 이미 닥쳐온 생활의 진실한 느껴움을 회피하고 싶지가 않기 때문이다.

다시 말하면 나의 시는 나의 생활에 충실하기 때문에 아무리 좋은 의상이라도 벗어던진 옷을 일부러 다시 꺼내 입거나 약점을 보이지 않기 위하여 짐짓 도피의 우회로를 찾진 않는다.

두 줄기 전통

나는 처음 시를 쓸 때부터 우리 근대적 전통이 그러하듯이 가슴속에 동양과 서양이라는 평행하는 두 줄기 전통을 가꾸어 왔다. 와일드, 보들레르, 키츠, 예이츠, 발레리, 콕토, 릴케, 헤세 등을 좋아하면서 도연명陶淵明, 이백李白, 두보杜甫, 한산寒山, 백낙천白樂天, 소동파蘇東坡, 육방옹陸放翁, 왕어양王魚洋 들을 탐독했다. 성서, 그리스 신화와 유儒, 불佛, 노장老莊을 함께 읽었고 문학을 공부하면서 국어·국문학, 사학, 민속학에의 관심에 더욱 열중하기도 하였다.

그리고 나는 시정신詩精神에 있어서만 동서가 교착되었던 것이 아니라 시의 방법에 있어서도 극단의 기교주의와 극단의 반기교주의를 동시에 받아들였던 것이다. 이 기교주의는 다분히 서구 시에서 받은 영향이고 반기교주의는 선禪의 미학에서 섭취한 것이다. 이 정신과 기법의 두 가지 상반된 흐름은 실로 오랫동안을 나의 안에서 평행되었고 이제 와서야 나는 겨우 그것을 초극하여 융합하는 길을 느낀 것 같다.

심미의 꿈

처음 시 공부를 할 때 나는 시인이란 미의 사제요, 미의 건축사여야 한다고 믿었다. 그래서 사상이고 무어고 간에 시는 우리에게 아름다움만 주면 되는 것이라는 상당한 심미주의적 경향을 띠고 있었다. 〈월광곡〉과 〈화비기〉, 〈고풍의상〉과 〈승무〉 같은 작품이 이러한 정신의 소산이다. 그러나 〈화비기〉는 이미 현실에 대한 반발과 퇴폐와 한이 있어 뒷날의 〈비혈기〉나 만근晩近의 사회시에의 경향을 내포하고 있었고 〈승무〉에는 전통에 대한 향수와 민족정서의 아쉬움과 사라져가는 민족문화에 대한 애수의 싹을 틔우고 있었다.

나의 처녀 발표작은 〈고풍의상〉이다 ─ 그전에 학생시단에 습작 시편이 발표된 바는 있으나 소위 출세작은 아니기에 ─. 이는 1939년 4월호 《문장》지 3호 추천시 제1회 당선작이다. (이 추천제 1회에 나의 〈고풍의상〉과 같이 뽑힌 시인과 작품은 김종한金鍾漢의 〈귀로〉와 황민黃民의 〈학〉이었다. 잘못 지적된 곳이 많기에 후일의 사가를 위하여 정정해 둔다.)

나는 이 《문장》지의 추천시 모집 광고를 보고 전기前記 〈화비기〉와 이 〈고풍의상〉을 투고했던바, 당시 선자選者 지용芝溶은 선후평에서 〈화비기〉로 좋기는 하였으나 너무 앙징스러워서 차라리 〈고풍의상〉을 택한다 하고 '언어의 생략과 시에 연치를 보이라'는 충고를 주었다. 다음번 투고에는 〈화비기〉 계열, 곧 서구적 영향의 시를 몇 차례 보냈더니 낙선되었고 시적 방황이 참담하니 당분간 쉬라는 평이 붙어 있었다. 이로써 선자의 뜻이 같은 계열의 작품을 밀겠다는 눈치였음은 알았으나 당시 나에게는 민족정서를 노래한 것으로는 〈고풍의상〉이 단 한 편 있었을 뿐 그 계열의 작품이 더 없었기 때문에 반년여를 투고를 중지하고 있었다.

그동안 새로 〈승무〉와 〈봉황수〉 및 〈향문〉을 써 보내어 소정의
관문을 통과했던 것이다. 〈승무〉에 대해서 선자는 언어의 다채다
각多彩多角과 미묘곡절微妙曲折로 시의 미적 수사를 위하여 찬란한
타개를 감행했다고 칭찬하면서도 여기서도 시어의 생략을 충고
하였고 정신에의 경도를 권고하였다. 〈고풍의상〉이나 〈승무〉는
무용을 주제로 한 것이고 그 무용의 유장하고 미묘한 흐름은 언
어의 지나친 생략으로는 도저히 그 선線의 미를 표현할 수 없는
것이라고 생각하여 나는 선자의 충고에 내심으로 불복하였다.
그러나 최종 추천작 〈봉황수〉는 운문적 가락을 산문의 형태로 왜
형축약歪形縮約한 그 조격과 에스프리esprit가 마음에 들었던 모양
으로 선자 및 선배 시인들의 과찬을 받아 흐뭇하였다.

어쨌든 〈고풍의상〉, 〈승무〉, 〈봉황수〉, 〈향문〉으로 나는 시단에
신인으로 참가하게 되었고 민족정서와 전통에의 향수와 사라져가
는 것에 대한 애수로써 '신고전'의 이름을 얻게 되었다. 이러한 의
상·무용·건축·도자기 등을 노래한 작품으로 본보기될 만한 시가
없을 때여서 내가 이 경지를 타개한 것은 힘 드는 작업이었다. 회
고적 정조를 노래한 시편은 물론 나 이전에도 더러 있었지만 그것
은 대개 명승고적에서 읊은 것들이었고, 내가 시도한 바와 같은 종
합적 이미지에서 추출 구상된 것은 아니었다. 그러므로 나의 이러
한 노력은 전혀 전범典範을 삼을 작품이 없을 때였다.

(어떤 평가評家는 나의 이 시기 작품을 선배의 영향으로 보려 했으나
월탄月灘의 회고조는 나와는 방법이 다를 뿐 아니라 고적과 유물을 노래
한 것이요, 그의 이런 작품의 발표 시기는《문장》지에 나의 발표와 전후
한 거의 동시였고 석초石艸의 〈바라춤〉은 조금 뒤였다는 것은 당시의 자

료를 뒤져 보면 알 것이다.)

　〈고풍의상〉과 〈승무〉와 〈봉황수〉는 우연히도 모두 다 먼저 무대를 설정 묘사하고 인물을 거기에 배치한 수법으로 되어 있다. 이것은 당시 내가 연극에 관심을 가졌던 때문인지도 모른다. 그러나 이것은 전연 비자각적인 공통성이다.

역설의 의식

나는 《문장》지의 추천을 쉬고 있는 동안 — 사실은 새로운 관심과 전환점으로 〈고풍의상〉 한 편, 단벌을 응모했다가 첫 회 당선이 된 셈이지만 — 습작기의 첫 경향이던 서구시 영향 계열의 여러 작품을 동인지 《백지》에 조동탁이란 본명으로 발표하고 있었다. 당시 원산에서 발간 계획하던 《조선시감朝鮮詩鑑》에는 이 계열의 작품이 편집동인에 의하여 선정되었고 또 시우들 중에는 〈고풍의상〉 같은 세계보다 이 방향으로 시를 열고 나갈 것을 권하는 이가 많았다.

　이 《백지》에 발표된 작품들을 비롯한 그 무렵의 세계는 〈계산표〉, 〈진단서〉, 〈숙박기〉, 〈재단실〉 등의 시제에서 보는 바와 같이 다분히 지적인 바탕을 역설과 풍자와 환상으로 처리하려는 방법을 추구하고 있었던 것 같다. 그러나 《백지》에 실린 〈계산표〉나 〈진단서〉, 〈우림령〉, 〈향향어〉 등은 역시 토속적인 소재를 다루었고 〈공작〉, 〈부시〉라든가 〈춘일〉, 〈낙백〉 같은 것은 또한 〈월광곡〉, 〈화비기〉와 같이 심미적 경향이 짙은 것이었다.

선禪의 미학

학교를 나오자 나는 오대산 월정사 강원의 외전강사로 가게 되었다. 추천은 재학 중 스무 살에 이미 끝났을 때이고 동인지 《백지》도 동인들의 검거사건으로 흩어지게 되었을 때였다. 이 절간 생활은 나의 시를 또 한 번 변하게 하였다. 그것은 변이된 생활의 쾌적미와 당시 내가 심취했던 시선일여詩禪一如의 경지 때문이었다. 일체의 정서와 주관을 배제하고 자연을 있는 그대로 직관하고 관조하는 서경의 소곡조를 찾았다.

이때에 나는 시어의 절약으로 단시형短詩型을, 단면의 전체성으로서의 상징의 법을 얻었다. 감각과 예지 그대로의 결정으로서 정적을 생동태에서 파악하고 생동을 정지태로 포착하는 기법을 애용하였다. 〈산〉, 〈고사〉, 〈마을〉, 〈유곡〉, 〈산방〉 등이 이런 시기의 작품이다. 내 시에 애수의 가벼운 구름조차 스치지 않은 밝은 미소의 법열만이 있는 시는 이 계열의 작품뿐이다.

나는 이 시기에 의식적으로 메타포어를 회피하였다. 내 시에 메타포어의 사용이 드문 것은 이때의 반기교적 기교론에 연유하는 것이라 할 수가 있다. 정형시를 데포르메하고 비상칭, 불균정 속에서 해조諧調를 찾는 것이 그때의 의욕이었으나 그 시정신의 바탕이 열락이기 때문에 회화적 감각은 거의 음악적 율조로 처리된 셈이다.

기다림의 정서

그렇게 쾌적하던 생활도 몇 달이 안 가서 처참하게 무너지게 되었다. 일본의 대륙침략은 말기로 접어들어 민족문화를 말살하는 강력동화정책이 실시됨으로써 우리말은 교육에서뿐만이 아니라 일상의 회화와 언론·출판에서까지 금지되기 시작했다. 동아·조선 양대 신문이 폐간되고《문장》이 폐간되고《인문평론》은《국민문학》이라 개제하여 일본문 잡지가 되고 만 것이다. 나는 오대산에서 문장 폐간호를 받고 울었다. 거기에는 〈정야〉라는 졸시가 실려 있었다. 이 시는 추천시에 응모했던 작품인데 내가 주소불명이 되어 연락이 안 되어서 옛날의 원고 뭉치에서 이걸 골라 실렸던 모양이다. 그것은 무슨 종말을 예견하는 시와도 같았다. 산중에도 감시의 눈이 뻗치고 고독과 침울과 분한에 젖는 정신은 독주만을 기울여 나는 마침내 다시 전지요양이 불가피하게 되었던 것이다.

이 무렵의 나의 시는 〈기다림〉, 〈도라지꽃〉, 〈암혈의 노래〉, 〈바람의 노래〉 등 먼 곳의 임과 불빛을 기다리는 마음의 기원밖에 없었다. 〈비혈기〉와 〈동물원의 오후〉와 같은 자학과 자조의 노래도 그 정신의 기조는 마찬가지였다.

일본의 진주만 기습과 대미선전도 나는 이 절간에서 알았다. 싱가포르가 왜군에 의해 함락되던 날 나는 과음한 나머지 졸도하여, 전보를 받고 내려오신 아버지를 따라 서울로 돌아오고 말았다. 이 시기에 월정사 강원학인講院學人으로 나의 방 시중을 맡았던 소년은 뒤에 시단에 나왔다가 요절한 고故 최인희崔寅熙 군이었다. 최인희는 해방 후 동국대학에서 다시 나에게 배웠고 강릉에서 교원 노릇을 하다가 서울로 올라와서는 성북동 내 집 앞에 대문을 마주 보는 집에서 살았다. 병약한 젊은 스승인 나를 무척 염려하고 따르던 그가 과로의 탓으로 병을 얻어 타계한 지금 지난날의 인연을 생각하면 눈물겨워진다.

기려羈旅의 한

서울에 돌아와 요양하다가 일어난 나는 그때 화동에 있던 조선어
학회의《큰사전》편찬을 돕기로 되었다. 자금난 때문에 진도가 지
지하던 참이라, 그저 도와드리기로 하고 날마다 점심을 싸가지고
출근하였다. 이해 1942년 봄에 나는 성지순례와 같은 심정으로 경
주를 다녀왔고 시우詩友 목월木月을 거기서 처음 만났던 것이다.

그러나 나는 또 서울을 떠나지 않으면 안 되었다. 이해 10월에
조선어학회의 검거가 시작되었고 그날 10월 1일, 아마 왜 총독부
시정기념일인가 하는 날에 나는 화동회관에 갔다가 수색 현장에
붙들려서 심문을 당했다. 아직 회원도 정식 직원도 아니었던 때여
서 그 명단에 내 이름이 들어있지 않아 놓여나오긴 했으나 정태진
丁泰鎭의 후임이 아니냐는 추궁을 맹렬히 받았던 것이다.

집에 가서 기다리라는 말을 좇아 조만간 붙들려 갈 것을 온전히
체념하고 있었으나 다시 아무런 소식이 없었다. 그때 여의대병원
女醫大病院에 입원해 있던 안호상安浩相 박사 ─ 이분도 퇴원만 하면
함흥으로 잡혀가기로 된 ─ 의 병실을 찾아 옛 원고를 정리해 드리
면서 날을 보내다가 나는 서울을 떠나고 말았다.

이와 같은 시대적 상황 속에서 나의 방랑시편이 나왔고 그것은
곧 산암해정山菴海亭 사이를 떠도는 내 역정의 기록이기도 한 것이
다. 다정다한多情多恨의 하염없는 애수의 정조, 운수심성雲水心性의
떠도는 그림자를 읊은 영탄조의 이 가락은 나의 생애 중 가장 잊히
지 않는 절실한 추억을 지니고 있다. 〈파초우〉, 〈완화삼〉, 〈낙화〉,
〈낙엽〉, 〈고목〉 등이 이 시기의 작품이다.

생명에의 향수

방랑시편 다음에 내 시의 관심은 주로 삶과 죽음, 미움과 사랑, 꿈과 현실, 이러한 이원二元의 모순에 대한 나의 관조를 서정하는 것이었다. 〈밤〉, 〈풀잎단장〉, 〈창〉이라든가 그 뒤의 〈흙을 만지며〉, 〈화체개현〉, 〈묘망〉, 〈코스모스〉 등이 이 계열의 작품이다. 이러한 시편을 쓰던 시기는 내가 마침내 붙잡혀 북해도행 징용검사를 받고 노무감내불능이란 딱지를 단 채로 머리를 박박 깎이고 놓여 나온 뒤의 일이니 고향의 초옥에 누워서 해방의 날을 기다리던 때의 소산이다. 떠돌던 발길이 머무르게 되었고 신병 덕분에 쫓기는 정신이 소안을 얻었기 때문이었다.

해방 후의 작품 중 애정을 주제로 한 〈풀밭에서〉, 〈산길〉, 〈바다가 보이는 언덕에 서면〉, 〈절정〉 같은 시들은 그 바탕에 있어 이와 공통한 계열이라 할 수 있다.

탁류의 음악

은둔과 폐쇄와 소극적 반항, 회의와 방황과 갈구, 정관靜觀과 법열과 입명의 시심詩心이 교착하던 나의 시는 해방을 계기로 일대 전환점에 들게 되었다. 내 시정신의 기조는 역시 출세간적出世間的인 것이었으나 오랫동안 막아 두었던 정열은 하나의 사명감과 함께 나를 세간적인 것으로 이 현실의 탁류 속에 나를 뛰어들게 했던 것이다. 나는 시를 통하여서 꿈과 현실의 이원의 극복에 대결해 보고 싶었던 것이다.

탁류 속의 한줄기 청렬한 저류底流의 음악이 되고자 한 나의 의욕은 스스로도 가상하였으나 그것을 시로서 성취하기란 졸연한 일이 아니어서 나는 두 권의 시집을 내는 동안 이들 이른바 사회시편을 자선自選 시집에 수록하지 않았고 제3시집에 이르러 이들을 전부 몰아서 따로 한 권을 엮고 '역사 앞에서'라 이름 지었던 것이다. 시로선 성공한 편이 못되지만 그 시편들을 일관하는, 현실에 참여하면서 항상 그 상극과 혼탁을 뛰어넘은 청순한 수맥을 지키려고 한 뜻은 나의 생활의 신조로서 굽힘없이 자신을 초극하고 지켜왔고 그것이 모두 시 공부로 이루어진 것임을 스스로 깨닫는 것이다.

해방 20년 동안을 나는 문화전선과 사회참여의 주류에 뛰어들어 있었다. 그러나 항상 내 본연의 자리에 돌아와 지키는 것을 잃지는 않았다.

〈산상의 노래〉, 〈비가 내린다〉, 〈불타는 밤거리에〉, 〈역사 앞에서〉 등의 해방시편과 〈다부원에서〉, 〈도리원에서〉, 〈너는 삼팔선을 넘고 있다〉, 〈패강무정〉, 〈종로에서〉의 전진시초戰塵詩抄와 〈빛을 부르는 새여〉, 〈우리 무엇을 믿고 살아야 하는가〉, 〈잠언〉, 〈터져 오르는 함성〉, 〈불은 살아 있다〉 등의 저항시편은 모두 그때그때의 현실을 주제로 하여 쓴 것이지만 앞서 말한바 에스프리의 기조는 한결같은 것이 없다.

나는 어쩌다 보니 해방 이래 6·25 동란을 거쳐 4월 혁명에서 오늘까지 스스로 문화전선의 전위가 되어 있다. 산암해정을 떠돌던 발길이 목포·부산·춘천·해주·평양·함흥으로 종군하여 전선을 구치驅馳하던 일이며 4월 혁명 전후의 그 긴장감은 나에게 뜻깊은 회억을 자아낸다. 그래서 나의 〈육연제기六然齊記〉에는 무사담연無事湛然, 유사감연有事敢然의 두 구가 들어 있는 모양이다.

나는 요즘 시필을 멈추고 있다. 내 자신을 정리하고자 함이다. 그동안 내버려두었던 학문적인 자료나 가다듬어 몇 편 안 되는 논문이나마 손대었던 것의 정리를 끝마치면 좀 더 여유 있는 마음으로 시를 써볼 심산이다.

새로 붓을 들면 당신이 밟아온 어느 길을 택하겠느냐고 묻는다면 나는 답할 것이다. 지금까지 나의 시의 어느 것과도 같지 않고 또 그 어느 것과도 다르지도 않은 길일 것이다, 라고—.

써 봐야 알지! 내 생활의 관심이 어느 곳으로 이동할지 그건 아직 나도 모른다. 회상의 시론을 쓰는 마음은 시를 쓰고 난 다음보다 더욱 허전하고녀!

—《사상계》, 1965년 8월호

조지훈 연보

1920년	12월 3일(음력) 경상북도 영양군 일월면 주실마을에서 조헌영 趙憲泳(제헌 및 2대 국회의원, 6·25 때 납북), 유노미柳魯尾의 3남 1 녀 중 차남으로 출생. 본관은 한양, 본명은 동탁東卓.
1925 ~ 28년	조부 조인석趙寅錫에게 한학漢學을 배움, 영양보통학교에 다님.
1929년	처음 동요를 지음. 메테를링크의 《파랑새》, 배리의 《피터 팬》, 와일드의 《행복한 왕자》를 읽음.
1931년	형 세림世林: 趙東振과 '꽃탑회' 조직, 마을 소년 중심의 문집《꽃 탑》을 엮음.
1934년	와세다대 통신강의록을 공부함.
1935년	시 습작을 시작하면서 본격적인 시인 수업에 들어감.
1936년	첫 상경. 동향 시인 오일도의 '시원사'에 머무름. 훗날(1946년) 오일도 추모시 〈송행 2〉를 씀. 인사동의 약방 '동양의약사' 겸 고서점 '일월서방'을 운영함. 조선어학회에 관계함. 보들레르· 와일드·도스토옙스키·플로베르의 작품을 읽음. 와일드의 《살 로메》를 번역함.
1937년	'만주벌 호랑이' 일송 김동삼 지사의 빈소가 차려진 심우장에 아버지와 함께 조문 가서 만해 한용운 선생을 찾아뵘(4월).
1938년	중앙불교전문학교(혜화전문학교, 현 동국대) 입학. 학생극 자문차 〈나는 왕이로소이다〉의 시인이자 지조의 대명사인 노작 홍사용 선생을 찾아뵘. 훗날 〈홍사용론〉을 씀.
1939년	〈된소리 기사에 대한 일고찰〉을 발표함(1월). 《문장》에 〈고풍의 상〉(4월), 〈승무〉(12월) 추천받음. 동인지 《백지》 발행(7~10월).
1940년	《문장》에 〈봉황수〉, 〈향문〉 추천받아 등단 과정을 마침(2월). 김 위남金渭男: 蘭姬과 결혼함.

1941년	혜화전문학교 졸업(3월). 오대산 월정사 불교강원 외전강사(4월). 서울로 돌아옴(12월).
1942년	조선어학회《조선말 큰사전》편찬위원(3월). 경주를 방문하여 박목월과 처음 만나 우정을 쌓음. 조선어학회 사건으로 검거되어 심문받음(10월).
1943년	낙향(9월).
1945년	8·15 해방 후 상경. 조선문화건설협의회 회원(8월). 한글학회《국어교본》편찬원(10월). 명륜전문학교 강사(10월). 진단학회《국사교본》편찬원(11월).
1946년	경기여고 교사(2월). 전국문필가협회 중앙위원(3월). 청년문학가협회 고전문학부장(4월). 박두진, 박목월과의 3인 공저《청록집》(을유문화사) 간행(9월). 서울여자의전 교수(9월).
1947년	전국문화단체 총연합회 창립위원(2월). 동국대 강사(4월).
1948년	고려대 문과대학 교수(10월).
1949년	한국문학가협회 창립위원(10월).
1950년	문총구국대 기획위원장(7월, 대전). 종군문인으로서 평양에 다녀옴(10월).
1951년	종군문인단 부단장(5월).
1952년	제 1시집《풀잎단장》(창조사) 출간.
1953년	시론집《시의 원리》(산호장) 출간.
1956년	제 2시집《조지훈 시선》(정음사) 출간. 자유문학상 수상.
1957년	한국시인협회 창립회원(2월).
1958년	만해의 친구 박광, 제자 최범술, 고려대 문학회 학생(임종국, 박노준, 인권환, 이기서, 이화형)과 함께 한용운 전집 간행위원회를 발족함.〈한용운론: 한국의 민족주의자〉발표. 첫 수상집《창에 기대어》(범조사) 출간.
1959년	민권수호국민총연맹 중앙위원, 공명선거 전국위원회 중앙위원. 시론집《시의 원리》(신구문화사) 개정판, 제3시집《역사 앞에서》(신구문화사), 수상집《시와 인생》(박영사), 역서《채근담》(현암사) 출간.
1960년	한국교수협회 중앙위원. 세종대왕 기념사업회 이사. 3·1 독립선언 기념비건립위원회 이사. 고려대 아세아문제연구소 평의원.

1961년	세계문화자유회의 한국본부 창립위원. 국제시인회의 한국대표 (벨기에, 9월). 한국 휴머니스트회 평의원.
1962년	고려대 한국고전국역위원장. 《지조론》(삼중당) 출간.
1963년	고려대 민족문화연구소 초대 소장. 《한국문화사대계》(전 6권) 기획. 《한국민족운동사》 집필.
1964년	동국대 동국역경원 위원. 수상집 《돌의 미학》(고려대학교 출판부), 《한국문화사대계》 제1권 〈민족·국가사〉(공저), 제4시집 《여운》(일조각), 《한국문화사서설》 출간.
1965년	성균관대 대동문화연구원 편찬위원.
1966년	민족문화추진위원회 편집위원.
1967년	한국 신시 60년 기념사업회 회장.
1968년	5월 17일 새벽 5시 40분, 기관지 확장으로 영면. 고려대 교정에서 영결식. 경기도 양주군 마석리 송라산에 묻힘.
1972년	서울 남산에 '조지훈 시비' 건립.
1973년	《조지훈 전집》(전 7권) 출간(일지사, 10월).
1978년	《조지훈 연구》(김종길 외) 출간(고려대학교 출판부).
1982년	향리(주실마을)에 '조지훈 시비' 건립.
1996년	《조지훈 전집》(전 9권) 출간(나남출판, 10월).
2000년	나남출판 주관 지훈상芝薰賞(지훈문학상·국학상) 제정.
2001년	제1회 지훈상 시상. 《지훈육필시집》 출간(나남출판, 5월).
2006년	고려대 교정에 '조지훈 시비' 건립.
2007년	향리(주실마을)에 지훈문학관 개관.

조지훈 시 연보

1. 조지훈 시 연보는《청록집》(1946),《풀잎단장》(1952),《조지훈 시선》(1956),《역사 앞에서》(1959),《여운》(1964) 및《조지훈 시선》의 작품 연표,《조지훈 전집》3권《문학론》(1996),〈나의 시의 편력〉(1965), 발표지를 바탕으로 작성하였다.
2. 작품 제목은 정본을 따랐고, 작품의 발표 순서대로 정리하였다.
3. 작품 내용과 지훈이 쓴 시론을 바탕으로 창작시기를 추정한 것에는 연도에 * 표시를 붙였다.

제목(창작시기)	발표지	재수록
고풍의상(1939)	문장(1939.4.)	청록집, 풀잎단장, 조지훈 시선
계산표	백지(1939.7.)	
귀곡지	백지(1939.7.)	
우림령	백지(1939.7.)	
공작 1	백지(1939.8.)	
공작 2	백지(1939.8.)	
부시(1937)	백지(1939.8.)	조지훈 시선
과물초(1939)	동아일보(1939.8.24.)	
갈	백지(1939.10.)	
진단서	백지(1939.10.)	
향어	백지(1939.10.)	
승무(1939)	문장(1939.12.)	청록집, 풀잎단장, 조지훈 시선
봉황수(1939)	문장(1940.2.)	청록집, 풀잎단장, 조지훈 시선
향문(1939)	문장(1940.2.)	풀잎단장, 조지훈 시선
고조(1939)	문장(1940.5.)	조지훈 시선
편경	문장(1940.5.)	
녹색파문	동아일보(1940.5.1.)	
호수(1940)	동아일보(1940.5.5.)	조지훈 시선
영(1940)	동아일보(1940.5.7.)	조지훈 시선
밀림	동아일보(1940.5.14.)	
아침 2	문장(1940.12.)	여운
정야 1(1940)	문장(1941.4.)	조지훈 시선
정야 2(1940)	문장(1941.4.)	조지훈 시선
바람의 노래(1941*)	학병(1946.1.)	역사 앞에서
완화삼(1942)	상아탑(1946.5.)	청록집, 풀잎단장, 조지훈 시선

제목(창작시기)	발표지	재수록
낙화 1(1943)	상아탑(1946.5.)	청록집, 풀잎단장, 조지훈 시선
겨레 사랑하는 젊은 가슴엔	청년신문(1946.4.2.)	
무고(1939)	청록집(1946.6.)	조지훈 시선
고사 1(1941)	청록집(1946.6.)	동국(1948.2.), 풀잎단장, 조지훈 시선
고사 2(1941)	청록집(1946.6.)	조지훈 시선
산방(1941)	청록집(1946.6.)	녹원(1949.7.), 풀잎단장, 조지훈 시선
파초우(1942)	청록집(1946.6.)	풀잎단장, 조지훈 시선
율객(1943)	청록집(1946.6.)	풀잎단장, 조지훈 시선
불타는 밤거리	동아일보(1946.8.27.)	역사 앞에서
맹세	동아일보(1947.3.1.)	역사 앞에서
빛을 찾아 가는 길	죽순(1947.5.)	역사 앞에서
유곡(1940)	백민(1947.7.)	조지훈 시선
마을(1942)	백민(1948.1.)	풀잎단장, 조지훈 시선
꽃그늘에서	민성(1948.6.)	역사 앞에서
흙을 만지며(1947)	대조(1948.11.)	풀잎단장, 조지훈 시선
화체개현(1949)	학풍(1949.1.)	풀잎단장, 조지훈 시선, 사상계(1968.1.)
대금(1947)	죽순(1949.2.)	조지훈 시선
색시(광복 이전)	죽순(1949.4.)	여운
풀밭에서(1949)	문예(1949.8.)	풀잎단장, 조지훈 시선
길(1948)	민족문화(1949.10.28.)	조지훈 시선
편지	민성(1949.11.)	풀잎단장
그리움(1948)	문예(1950.5.)	풀잎단장, 조지훈 시선
민들레꽃(1948)	신천지(1950.5.)	조지훈 시선
절정(1949)	시문학(1950.8.)	풀잎단장, 조지훈 시선, 사상계(1968.1.)
도리원에서(1950)	문예(1952.1.)	역사 앞에서
Z 환상(1950*)	창공(1952.3.)	
지옥기(1952)	신천지(1952.5.)	조지훈 시선
산 2(1941)	풀잎단장(1952.11.)	조지훈 시선
암혈의 노래(1941)	풀잎단장(1952.11.)	역사 앞에서
앵음설법(1941)	풀잎단장(1952.11.)	조지훈 시선
달밤(1942)	풀잎단장(1952.11.)	조지훈 시선
도라지꽃(1942)	풀잎단장(1952.11.)	조지훈 시선, 역사 앞에서
밤(1942)	풀잎단장(1952.11.)	조지훈 시선

제목(창작시기)	발표지	재수록
사모(1942)	풀잎단장(1952.11.)	조지훈 시선
창(1942)	풀잎단장(1952.11.)	조지훈 시선
풀잎단장(1942)	풀잎단장(1952.11.)	조지훈 시선
고목(1943)	풀잎단장(1952.11.)	조지훈 시선
낙엽(1943)	풀잎단장(1952.11.)	조지훈 시선
석문(1944)	풀잎단장(1952.11.)	조지훈 시선
송행 2(1946)	풀잎단장(1952.11.)	조지훈 시선
가야금(1947)	풀잎단장(1952.11.)	조지훈 시선
바다가 보이는 언덕에 서면(1947)	풀잎단장(1952.11.)	조지훈 시선
묘망(1949)	풀잎단장(1952.11.)	조지훈 시선
산길(1949)	풀잎단장(1952.11.)	조지훈 시선
언덕길에서	문예(1953.2.)	역사 앞에서
영상(1938)	사상계(1955.2.)	조지훈 시선
월광곡(1938)	현대문학(1955.6.)	조지훈 시선
어둠 속에서	문학예술(1955.7.)	역사 앞에서
이날에 나를 울리는	동아일보(1955.8.15.)	역사 앞에서
종소리(1938)	문학예술(1956.1.)	조지훈 시선
손(1948)	현대문학(1956.1.)	조지훈 시선
천지호응	동아일보(1956.3.1.)	역사 앞에서
선(1939)	동아일보(1956.3.31.)	조지훈 시선
별리(1939)	여원(1956.5.)	조지훈 시선
포옹(1955)	문학예술(1956.10.)	조지훈 시선
기도(1955)	문학예술(1956.11.)	조지훈 시선
춘일(1937)	조지훈 시선(1956.12.)	
낙백(1938)	조지훈 시선(1956.12.)	
유찬(1938)	조지훈 시선(1956.12.)	
꽃새암(1940)	조지훈 시선(1956.12.)	
밤길(1940)	조지훈 시선(1956.12.)	
북관행 1(1940)	조지훈 시선(1956.12.)	
북관행 2(1940)	조지훈 시선(1956.12.)	
산 1(1941)	조지훈 시선(1956.12.)	
계림애창(1942)	조지훈 시선(1956.12.)	

제목(창작시기)	발표지	재수록
낙화 2(1943)	조지훈 시선(1956.12.)	
송행 1(1943)	조지훈 시선(1956.12.)	
매화송(1947)	조지훈 시선(1956.12.)	
운예(1949)	조지훈 시선(1956.12.)	
염원(1952)	조지훈 시선(1956.12.)	
코스모스(1954)	조지훈 시선(1956.12.)	
학(1954)	조지훈 시선(1956.12.)	
빛을 부르는 새여(1956)	동아일보(1957.1.1.)	역사 앞에서
꽃피는 얼굴로는	사상계(1958.7.)	신동아(1968.7.)
비가	사상계(1958.7.)	신동아(1968.7.)
이율배반	사상계(1958.7.)	신동아(1968.7.)
찔레꽃	여원(1958.9.)	신동아(1968.7.)
빛	사상계(1959.6.)	여운
기다림(1941*)	역사 앞에서(1959.12.)	
동물원의 오후(1941*)	역사 앞에서(1959.12.)	
비혈기(1941)	역사 앞에서(1959.12.)	
너는 지금 삼팔선을 넘고 있다(1950)	역사 앞에서(1959.12.)	
다부원에서(1950)	역사 앞에서(1959.12.)	사상계(1968.1.)
벽시(1950)	역사 앞에서(1959.12.)	
봉일천 주막에서(1950)	역사 앞에서(1959.12.)	
서울에 돌아와서(1950)	역사 앞에서(1959.12.)	
여기 괴뢰군 전사가 쓰러져 있다(1950)	역사 앞에서(1959.12.)	
연백촌가(1950)	역사 앞에서(1959.12.)	
이기고 돌아오라(1950)	역사 앞에서(1959.12.)	
전선의 서(1950*)	역사 앞에서(1959.12.)	
절망의 일기(1950)	역사 앞에서(1959.12.)	
죽령전투(1950)	역사 앞에서(1959.12.)	
청마우거 유감(1950)	역사 앞에서(1959.12.)	
패강무정(1950)	역사 앞에서(1959.12.)	
풍류병영(1950)	역사 앞에서(1959.12.)	
종로에서(1951)	역사 앞에서(1959.12.)	

제목(창작시기)	발표지	재수록
우리 무엇을 믿고 살아야 하는가(1959)	역사 앞에서(1959.12.)	
그대 형관을 쓰라	역사 앞에서(1959.12.)	
그들은 왔다	역사 앞에서(1959.12.)	
눈 오는 날에	역사 앞에서(1959.12.)	
마음의 태양	역사 앞에서(1959.12.)	
비가 내린다	역사 앞에서(1959.12.)	
사육신 추모가	역사 앞에서(1959.12.)	
산상의 노래	역사 앞에서(1959.12.)	
새 아침에	역사 앞에서(1959.12.)	
석오·동암 선생 추도가	역사 앞에서(1959.12.)	
선열 추모가	역사 앞에서(1959.12.)	
십자가의 노래	역사 앞에서(1959.12.)	
역사 앞에서	역사 앞에서(1959.12.)	
인촌 선생 조가	역사 앞에서(1959.12.)	
잠언	역사 앞에서(1959.12.)	
첫 기도	역사 앞에서(1959.12.)	
핏빛 연륜	역사 앞에서(1959.12.)	
해공 선생 조가	역사 앞에서(1959.12.)	
8·15송	부산일보(1960.8.15.)	
이 사람을 보라	시작업(1960.8.)	여운
우음	새벽(1960.9.)	여운
귀로	사상계(1960.10.)	여운
꿈 이야기	사상계(1961.8.)	여운
혼자서 가는 길	서울신문(1962.9.)	세대(1963.6.), 여운
폼페이 유감(1961*)	사상계(1962.11. 증간호)	여운
설조	신세계(1963.1.)	여운
여운(1957)	여운(1964.12.)	
늬들 마음을 우리가 안다(1960)	여운(1964.12.)	
사랑하는 아들딸들아(1960)	여운(1964.12.)	
터져 오르는 함성(1960)	여운(1964.12.)	
혁명(1960)	여운(1964.12.)	

제목(창작시기)	발표지	재수록
그날의 분화구 여기에(1961*)	여운(1964.12.)	
범종(1964)	여운(1964.12.)	
산중문답(1964)	여운(1964.12.)	
가을의 감촉	여운(1964.12.)	
동야초	여운(1964.12.)	
뜨락에서 은방울 흔들리는	여운(1964.12.)	
불은 살아 있다	여운(1964.12.)	
사자	여운(1964.12.)	
소리	여운(1964.12.)	
아침 1	여운(1964.12.)	
여인	여운(1964.12.)	
연	여운(1964.12.)	
추일단장	여운(1964.12.)	
바위송	중앙일보(1967.9.22.)	
행복론	한국일보(1967.10.22.)	
병에게	사상계(1968.1.)	
우리들의 생활의 내일	한국일보(1968.1.1.)	
화비기(1939*)	신동아(1968.7.)	
마음	신동아(1968.7.)	
백접	신동아(1968.7.)	
비련	신동아(1968.7.)	
섬나라 인상	신동아(1968.7.)	
인쇄공장	신동아(1968.7.)	
재단실	신동아(1968.7.)	
참회	신동아(1968.7.)	
강용흘 님을 맞으며 (1946.9.1.)		
마음의 비명(1949*)		
너의 훈공으로(1950*)		
"FOLLOW ME"(1950*)		
하늘을 지키는 젊은이들(1950*)		
관극세모(1951*)		
새 아침에(1951.1.1.)		

제목(창작시기)	발표지	재수록
이력서(1955*)		
그것이 그대로 찬연한 빛이었다 (1956.4.16.)		
민주주의는 살아 있다(1960)		
앉아서 보는 4월(1961)		
계명(1961*)		
하늘의 영원한 메아리여 (1962.3.1.)		
대화편(1968*)		
농민송		
방아 찧는 날		
밭기슭에서		
백야		
비조단장		
사랑		
안중근 의사 찬		
어린이에게		
옛마을		
원두막		
장날		
장지연 선생		
초립		
풀잎단장 2		
풍류원죄		
합장		
호상명		

시 색인

거짓과 비겁함이 넘치는 오늘,
큰 사람을 만나고 싶습니다

지훈은 김소월과 김영랑에서 비롯해 서정주와 유치환을 거쳐 청록파에 이르는 한국 현대시의 주류를 완성하여 20세기 전·후반기를 연결한 큰 시인이다. … 또한, 민속학과 역사학을 두 기둥으로 하는 한국문화사의 토대를 마련했다. … 위기와 동요의 시대, 지훈은 소용돌이치는 역사의 상처를 자신의 상처로 겪어냈다. 그는 현실을 토대로 사물을 구체적으로 파악하고, 멋을 척도로 인간을 전체적으로 포착하려 하였다. 지훈은 전체가 부분의 집합보다 큰 인물이었다.

— 《조지훈 전집》 서문에서

조지훈 전집

나남 nanam Tel: 031-955-4601
www.nanam.net